U0875617

中国古代文史经典读本

高适岑参诗 选评

陈铁民　撰

上海古籍出版社

图书在版编目(CIP)数据

高适岑参诗选评 / 陈铁民撰. —上海：上海古籍出版社，2018.6
(中国古代文史经典读本)
ISBN 978-7-5325-8836-7

Ⅰ. ①高… Ⅱ. ①陈… Ⅲ. ①高适(约706-765)-唐诗-诗歌研究②岑参(715-770)-唐诗-诗歌研究 Ⅳ. ①I207.227.42

中国版本图书馆CIP数据核字(2018)第093997号

中国古代文史经典读本
高适岑参诗选评
陈铁民 撰
上海古籍出版社出版发行
(上海瑞金二路272号 邮政编码200020)
(1) 网址：www.guji.com.cn
(2) E-mail：guji1@guji.com.cn
(3) 易文网网址：www.ewen.co
常熟市新骅印刷有限公司印刷
开本787×1092 1/32 印张8.875 插页2 字数118,000
2018年6月第1版 2018年6月第1次印刷
印数：1—3,100
ISBN 978-7-5325-8836-7
I·3278 定价：27.00元
如有质量问题，请与承印公司联系

出版说明

上海古籍出版社成立六十多年来形成了出版普及读物的优良传统。二十世纪，本社及其前身中华书局上海编辑所策划、历时三十余年陆续出版的《中国古典文学作品选读》与《中国古典文学基本知识》两套丛书各八十种，在当时曾影响深远。不少品种印数达数十万甚至逾百万。不仅今天五六十岁的古典文学研究者回忆起他们的初学历程，会深情地称之为“温馨的乳汁”；而且更多的其他行业的人们在涵养气度上，也得其熏陶。然而，人文科学的知识在发展更新，而一个时代又有一个时代的符号系统与表达、接受习惯，因此二十一世纪初，我社又为读者奉献了一套“新世纪文史哲经典读本”，是为先前两套丛书在新世纪的继承与更新。

“新世纪文史哲经典读本”凝结了普及读物出版多方面的经验：名家撰作、深入浅出、知识性与可读性并重固然是其基本特点；而文化传统与现代特色的结合，更是她新的关注点。吸纳学界半个世纪以来新的研究成果，从中获得适应新时代读者欣赏习惯的浅切化与社会化的表达；反俗为雅，于易读易懂之中透现出一种高雅的情韵，是其标格所在。

“新世纪文史哲经典读本”在结构形式上又集前述两套丛书之长，或将作者与作品（或原著介绍与选篇解析）乳水交融地结合为一体，或按现在的知识框架与阅读习惯进行章节分类，也有的循原书结构撷取相应内容并作诠解，从而使全局与局部相映相辉，高屋建瓴与积沙成塔相互统一。

“新世纪文史哲经典读本”更是前述两套丛书的拓展与简约。其范围涵盖文学经典、历史经典与哲学经典，希望用最省净的篇幅，抉示中华文化的本质精神。

该套丛书问世以来，已在读者中享有良好的口碑。为了延伸其影响，本社于2011年特在其中选取十五种，请相关作者作了修订或增补，重新排版装帧，名之为“中国古代文史经典读本”，以飨读者。出版之后，广受读者的好评，并于2015年被评为“首届向全国推荐中华优秀传统文化普及图书”。受此鼓舞，本社续从其中选取若干种予以改版推出，并得到国家有关部门的支持，多种获得2016年普及类古籍整理图书专项资助。希望改版后的这套书能继续为广大读者喜欢，为弘扬中华优秀传统文化作出贡献。

上海古籍出版社

2017年6月

目　　录

高　适

导　言

高适是盛唐时代著名的诗人。盛唐这个空前隆盛的时代，使才俊之士精神振奋，意气风发。他们都有几分狂傲气，对未来充满了理想，希求大有作为。高适正是这样的才俊之士，他狂放而自负，不屑于走考进士、明经的常道，动辄以公侯自期，具有追求不朽功名的高昂意气。正是这一点使他在求仕的道路上百折不回，虽奔波二十余载尚未得一官也没有丧失进取的勇气和信心。然而长期的流落不遇，终究将诗人的目光引向现实，使他看到社会隆盛气象背后潜伏着的危机，认识到对广大士人开放的仕路仍险阻重深。这一切表现在创作上，就形成冷峻地直面现实与应时而生的高昂意气的结合。

高适在天宝十二载（753）入哥舒翰幕府以前，政治上一直是失意的，所以他这个时期所写的诗歌，颇多不遇的悲慨，然而在悲慨中往往寓壮激之气，吐露了诗人急于用世的雄心。诗人对那种有济世才能却遭到遗弃和埋没的现象，愤怒抨击，对权贵把持政柄和出身寒微的士人难以找到出路的现实，也无情揭露。由于诗人生活困顿，长期浪游，较多地接触到社会下层，有改善人民境遇的政治抱负，所以这个时期曾写了一些反映和同情人民疾苦的诗篇。这类诗固然常与天灾连在一起写，但诗人并没有把农民贫困的原因仅仅归结为发生了自然灾害，还触及到租税过重等社会问题。可以说，高适诗歌在反映现实的深度方面，超过同时的许多诗人。

在盛唐诗坛上，高适是以擅长边塞诗著称的。边塞诗的创作，在盛唐呈现出繁荣的局面，这同当时文人出塞的现象比较普遍有紧密的关系。所谓“文人出塞”，应包括文人入幕、游边、使边（包括内地的州县官吏赴边地送兵、送衣粮等）三个方面。高适曾三次出塞（第一次游幽蓟，第二次使清夷军送兵，第三次入河西幕），不仅出塞的时间长，边塞生活的体验也很丰富和充实，所以成为盛唐边塞诗的杰出代表。

高适前两次出塞时写的边塞诗，真实地反映了当时的东北塞地边患的严重，流露了作者对边将无能的不满，表达了他要求选用良将，优遇士卒，在短期内解除边患的愿望；常议论边策得失，抒写个人报国抱负，慨叹自己徒有安边的壮志和谋略却无人理睬；注意反映边塞征战生活的多种矛盾和戍卒的生活和思想感情，或颂扬他们奋勇杀敌、情愿以死报国的气概，或表现他们久戍思归的哀怨，更重要的是诗人还以深切的同情，写出了戍卒所遭受的非人待遇，着意为他们鸣不平，并对将帅的骄奢荒纵、玩忽职守和不恤士卒，给予了有力的鞭挞。这些诗在表现形式上多采用五言古体及七言歌行，情调慷慨悲壮。高适第三次出塞时写的诗，则多表现从军出塞、征战立功的豪情，呈显出豪壮的特色，与前两次出塞时的作品有所不同。

殷璠《河岳英灵集》卷上评论高适的诗说："适诗多胸臆语，兼有气骨，故朝野通赏其文。"这些话是很中肯的。我们只要读一读高适的诗，就能很明显地感觉到它们多具有直抒胸臆的特点。关于这个问题，可从以下四个方面来作些说明：第一，他的诗是真情的流露，意胜于辞；不以词采取胜，而以充实的内容、饱满的感情引人。例如“戍卒厌糟糠，降胡饱衣食。关亭试一望，吾欲涕沾臆”（《蓟门五首》其二），语言虽极质朴、平实，感情却很强烈、深沉。第二，诗人披露胸襟、抒写怀抱，皆率直无隐，不假雕饰，且往往采用写实手法，不多作夸张、想象。第三，高诗不常使用寓情于景的表现方法，而多以饱含感情的语言，夹叙夹议。如《别韦参军》、《效古赠崔二》、《塞上》、《蓟门五首》、《蓟中作》等等，都是这样。高诗中写景，往往或大笔勾勒，或偏重于表现自己的主观感受，而少对景物作细致入微的描绘。当然，高诗中不是没有寓情于景、情景交融的作品，但毕竟这样的作品数量较少。第四，“直抒胸臆”并不等于随口说话，高适的许多诗句，是经过精心提炼和加工的。如“战士军前半死生，美人帐下犹歌舞”（《燕歌行》）、“白璧皆言赐近臣，布衣不得干明主”（《别韦参军》）等，都具有很强的概括力，显然是经过认真锤炼的。但这些诗句又不失其质直，一点也未显露刻意锤炼的痕迹。所谓"兼有气骨"，是指高适的诗歌，语言质朴有力，思想感情表现得鲜明爽朗，呈现出刚健明朗的特色，与齐梁以来的绮丽柔靡的诗歌异趣。综上所述，高诗内容充实，感情饱满，意气豪迈，笔力遒劲，语言质朴，给人以浑厚、沉实、雄健之感。前人称高诗"尚质主理"（陈绎曾《吟谱》）、"浑朴老成"（翁方纲《石洲诗话》卷一）、"沉雄"（叶燮《原诗·外篇》）、"浑厚"（胡应麟《诗薮》外编卷四），这些话都比较准确地道出了高诗的风格特色。

高诗这种风格的形成，是由多种主客观因素支配、制约的。唐代前期诗人大力提倡建安风骨，以改革齐梁以来的绮靡诗风，这一历史任务到了唐玄宗时代才最终完成。高适的创作，既对这一改革任务的完成作出了自己的贡献，又受到当时诗坛追慕建安风骨风尚的较大影响。从高适的生活经历、精神面貌、性格、气质来看：一方面，诗人长期穷困失意，抱负无从施展，胸怀郁勃不平之气，对现实有真切的体验和较深刻的认识；另一方面，他又性格旷达豪放（《河岳英灵集》说他"性拓落，不拘小节”），始终怀抱大志，并对前途充满希望和自信。这两个方面，对其诗歌风格的形成，也产生了重要影响。

本书入选的诗歌，据北京图书馆藏明刊《高常侍集》十卷本，并参考他本，对文字有所校正，依照本套丛书体例，不出校记。

本书注释，曾参酌借鉴刘开扬《高适诗集编年笺注》、孙钦善《高适集校注》的成果。

一、西游长安与北游燕赵（722—733）

高适（703？—765），字达夫，《旧唐书》本传说他是“渤海蓨人”。渤海郡蓨县是汉代的建置，《旧唐书》实际是以郡望相称，至于他的真正籍贯，现在已很难考知了。

高适的祖父高偘（侃），是高宗时的名将，立有战功，官左监门卫大将军（正三品），辽东道、陇右道持节大总管，封平原郡公，食邑二千户；父亲崇文，“位终韶州长史”。出身于这样的家庭，高适少时有学书学剑的良好条件，而且非常自负，雄心勃勃，自以为获取公卿的高位，指日可待。根据高适的出身条件，当时摆在他面前的入仕途径主要有两条，一是科举入仕，二是门荫入仕。殷璠称高适“耻预常科”，就是说不屑于走考进士、明经的常道，但于“所以待非常之才”的制科之途，也不拒绝走。唐代制度规定，五品以上官员的子孙，可由门荫入仕，根据祖父的官位，高适是拥有门荫特权的。以门荫入仕主要有两个途径，一是通过学馆，二是直接以门荫入仕。通过学馆就是先充当弘文馆、崇文馆或国子学、太学的学生，而后入仕，高适的伯父崇德的长子高琛，走的就是这一条路：“年十有六，以门子补弘文生，居三岁而参泾州军事。”（《高琛墓志》）弘文馆、崇文馆取皇帝、皇后近亲子弟及京官职事三品以上子孙入学，因学生“资荫全高”，故在学业上对他们的要求较低，“粗通文义”即可通过考试，而通过考试后一般就能授官，所以这是一条快速的入仕之路；但是，由于弘文、崇文生的员额很少（两者合计只有五十名），朝廷也不允许贵官的所有子孙都通过此途入仕，譬如规定职事二品以上，“一荫听二人选”，而身任京官职事正三品官的高偘，只能“一荫一人”，即只许有一个子孙充当弘文、崇文生，此种幸运既然已被高琛获得（他大约是高家的长房长孙），高适自然也就不可能再走此路。然而，高适仍有资格充当国子学的学生。唐国子学学生三百人，以文武官三品以上子孙为之。当时对国子生学业的要求，比起对弘文、崇文生的要求要高得多，国子生一般需要经过四五年的刻苦学习，方能通过考试。而考试通过后，入仕的途径依然有二：一是参加进士、明经试，及第者可以进阶授职；二是参加吏部铨选，但不一定能立即授官。对于这一条通过国子学入仕的路，高适没有表现出兴趣。

高适少时客居宋州（今河南商丘南），学书学剑；二十岁的时候（约开元十年），西游长安，首探仕路。《别韦参军》说："二十解书剑，西游长安城。举头望君门，屈指取公卿。……白璧皆言赐近臣，布衣不得干明主！归来洛阳无负郭，东过梁宋非吾土。"看来，诗人想走的仕路是：经人举荐受到天子的召见和赏识，不多时即获取公卿的高位，一飞冲天。年轻的诗人涉世未深，想得天真，结果自然是美梦破灭。此时他若想返回去再走入国子学的路，已无可能（国子生限年十四以上，十九以下),但仍有另一条直接以门荫入仕的路摆在面前。这就是根据资荫高低,先充当秩品不等的皇帝或太子的侍卫,经五至八年执勤期满,再参加吏部的铨选而授官。不过经铨选哪年哪月方得以授官,往往没有准谱,走此路的人中,就有一些累历铨选,终未得一官,至死仍是个"吏部常选"的倒霉蛋。高适对走这一条路同样不感兴趣,于是便自长安又回到了宋州。高适之所以不愿走考进士、明经和以门荫入仕的常道,可能是由于恃才自负和希望快速入仕。

首探仕路失败,对高适的打击很大,但也使他的头脑变得清醒,观察社会的目光透出冷峻,而且也并没有能使他放弃追求和失去自信。《田家春望》说:"可叹无知己,高阳一酒徒。"失意中仍以曾向刘邦进献夺取天下之计的郦食其自比,足见壮心不已。

从长安返回后约近十年,高适一直居于宋州,一面从事农耕,一面孜孜攻读;他读书不限于儒家的经籍,对史书及诸子百家尤广泛涉猎。《旧唐书》本传称高适"喜言王霸大略",在他的诗中也每每提到"纵横谟"、

“经济策”、“济时略”等,说明平治天下的方略,乃诗人着重钻研的学问。

高适的祖父虽是达官,但到了高适的青年时代家道已衰落。开元名相姚崇曾说:“比见诸达官身亡以后,子孙既失覆荫,多至贫寒。”(《旧唐书·姚崇传》)高家也未能摆脱此种命运,高适的父亲仅官至韶州长史(正六品上),堂兄高琛虽入仕很早,却也只官至郡佐,《旧唐书》本传说:“(高适)不事生业,家贫……以求丐取给。”看来,诗人把希望都寄托在出仕上,把精力都用在为出仕作准备上,以至于使本已败落的家业愈益败落,只能仰赖朋友的接济度日。

开元十九年(731)秋,高适从宋州出发,北游燕赵。这说明诗人想走从戎入幕而登仕途的道路。唐代制度规定,边帅可以自辟佐吏,所以从戎入幕也就成为士人仕进的一条途径。高适的祖父曾任边帅,自己又钻研过安边的策略,所以走这一条路是适宜的。他所选择的游边时地也颇合宜——当时契丹首领可突于勾结突厥,屡犯幽蓟一带,东北边地正值用人之秋。然而他在幽蓟前后约两年,却一直没有谋取到入幕的机会,“逢时事多谬,失路心弥折”,最后只有失望地离开幽蓟南返。

高适胸怀大志,性情狂放不羁,但眼睛却始终注视着社会现实。这个阶段两次求仕的失败,加深了他对现实的认识,增广了他的社会阅历和生活体验,使得他这个阶段写作的诗歌,大都具有充实、深刻的社会内容。宏大的抱负、狂放的性情和失路的遭遇,又使得他这个阶段的诗歌,具有一种慷慨悲壮的美。

行路难二首[①]

长安少年不少钱,能骑骏马鸣金鞭。五侯相逢大道边[②],美人弦管争留连。黄金如斗不敢惜,片言如山莫弃捐。安知憔悴读书者,暮宿灵台私自怜[③]!

① 行路难:乐府古题,属杂曲歌辞。

② 五侯:西汉成帝河平二年,封外戚王谭为平阿侯,王商为成

都侯，王立为红阳侯，王根为曲阳侯，王逢时为高平侯，五人同日受封，故当世称为五侯。事见《汉书·元后传》。

③ 暮宿灵台：《后汉书·第五伦传》注引《三辅决录》谓：第五伦少子颉，为谏议大夫，“洛阳无主人，乡里无田宅，客止灵台中，或十日不炊”。灵台，古时观测天象的建筑。此借用第五颉事，以写“读书者”之穷困潦倒。

君不见富家翁，旧时贫贱谁比数[①]？一朝金多结豪贵，百事胜人健如虎。子孙成行满眼前，妻能管弦妾歌舞。自矜一身忽如此，却笑旁人独愁苦。东邻少年安所如[②]？席门穷巷出无车[③]。有才不肯学干谒，何用年年空读书！

① 比数：相提并论。

② 安所如：何所似。

③ 席门穷巷：以席为门，居于陋巷。史载西汉陈平家贫，居“负郭穷巷，以弊席为门”。见《史记·陈丞相世家》。出无车：《战国策·齐策》载，冯谖为孟尝君门客，曾弹剑而歌

“出无车”,表示对自己待遇的不满。

高适二十岁的时候,西游长安求仕,这两首诗就是当时在长安写的。这时的诗人涉世未深,雄心勃勃,自谓“书剑”学成,功名唾手可得,哪知到了长安却求仕无门:“白璧皆言赐近臣,布衣不得干明主。”(《别韦参军》)社会现实给诗人上了一课,使他的头脑清醒起来。在这两首诗里,他揭露了权贵把持政柄的事实,抒发了萤窗苦读的寒士失路的愤慨不平。

这两首诗都成功地运用对比手法来突现主题。第一首前六句写长安贵游少年留连声色、挥金如土的生活,末两句笔锋陡转,以书生的沦落、潦倒作对比,而作者的不平之情即自然涌出。第二首将用大把金钱交结权贵因而“百事胜人健如虎”的富家翁同有才而不肯干谒权贵以致“席门穷巷出无车”的书生作对比,从而揭示了权贵当道的现实。另一盛唐诗人王维的《寓言二首》其一、《偶然作》其五等诗,反映的社会内容与写作时间,都同高适这两首诗接近,说明即使在开元盛世,占支配地位的仍然是享有特权的贵族，出身寒微的士人很难找到从政的出路。

别韦参军[1]

二十解书剑[2]，西游长安城。举头望君门，屈指取公卿[3]。国风冲融迈三五[4]，朝廷欢乐弥寰宇。白璧皆言赐近臣[5]，布衣不得干明主[6]。归来洛阳无负郭[7]，东过梁宋非吾土[8]。兔苑为农岁不登[9]，雁池垂钓心长苦[10]。世人向我同众人[11]，唯君于我最相亲。

且喜百年有交态[12]，未尝一日辞家贫。弹棋击筑白日晚[13]，纵酒高歌杨柳春。欢娱未尽分散去，使我惆怅惊心神。丈夫不作儿女别，临歧涕泪沾衣巾[14]。

① 参军：官名。此指州刺史佐吏。

② 解书剑：知书能剑，文武兼备。

③ 屈指：弯曲手指计算数目。谓指日可待。公卿：泛指高官。

④ 国风：国家的教化。冲融：深广的样子。迈三五：超过三皇五帝。

⑤ 璧：一种贵重的玉器，平圆形，中心有孔。

⑥ 干：干谒。

⑦ 洛阳无负郭：用战国苏秦事。苏秦是东周雒阳（即洛阳）人，少贫而发愤读书，游说六国合纵抗秦成功。衣锦还乡时，曾感叹道："且使我有雒阳负郭田二顷，吾岂能佩六国相印乎？"事见《史记·苏秦列传》。负郭，近城的良田。

⑧ 梁宋：指唐宋州治所宋城县（今河南商丘南），周时为宋国国都，西汉时为梁孝王都城，故称。非吾土：语本王粲《登楼赋》："虽信美而非吾土兮，曾何足以少留！"

⑨ 兔苑：即兔园，又称梁园，汉梁孝王筑，故址在今商丘东南。岁不登：年成不好。

⑩ 雁池：梁园中有雁池。

⑪ 向：对待。

⑫ 交态：交情。

⑬ 弹棋：古代两人对局的一种博戏，其法已难详考。筑：古代的一种弦乐器，用竹尺击弦发声。

⑭ “丈夫”二句：王勃《送杜少府之任蜀川》：“无为在歧路，儿女共沾巾。”

本诗为高适西游长安求仕失败，返回宋州不久后所作。这是一首赠别诗，也是一首自述诗。诗中先回顾入京求官受挫的经历，次写归耕梁园的忧苦，再写友人韦氏对自己的慰藉与厚谊，最后写临别的惆怅和依恋之情。全诗内容丰富，尤以抒自己的愤世之情和写友人的深情厚谊，最令人难忘。如“白璧”二句，揭示所谓升平盛世，“明主”却只知宠任近臣，尖锐而深刻；“世人”四句，直白叙出，诚挚自然。

高适最擅长七言古诗，其诗中可考见年代的最早篇章《行路难二首》和本诗，都采用七古形式。他的七古大都写得感情充沛，自然流畅，富有气势，本诗即其一例。

苦雨寄房四昆季[①]

独坐见多雨，况兹兼索居[②]。茫茫十月交[③]，穷阴千里余[④]。弥望无端倪[⑤]，北风击林箊[⑥]。白日眇难睹，黄云争卷舒。安得造化功，旷然一扫除！滴沥檐宇愁[⑦]，寥寥谈笑疏。泥涂拥城郭[⑧]，水潦盘丘墟[⑨]。惆怅悯田农，徘徊伤里闾[⑩]。曾是力井税[⑪]，曷为无斗储[⑫]？万事切中怀，十年思上书。君门嗟缅邈[⑬]，身计念居诸[⑭]。沉吟顾草茅[⑮]，郁快任盈虚[⑯]。黄鹄不可羡[⑰]，鸣鸡时起予[⑱]。故人平台侧[⑲]，高馆临通衢。兄弟方荀陈[⑳]，才华冠应徐[㉑]。弹棋自多暇，饮酒更何如？知人想林宗[㉒]，直道惭史鱼[㉓]。携手流风在，开襟鄙吝祛[㉔]。宁能访穷巷，相与对园蔬[㉕]？

① 苦雨：久雨不止。房四：《文苑英华》卷一五三作“房休”。

休曾任监察御史，见《御史台精舍碑题名》。昆季：兄弟。

② 索居：独居。

③ 交：指晦朔前后交替之时。“十月交”谓十月初一始至之时。

④ 穷阴：深阴，沉阴。

⑤ 弥望：满眼。

⑥ 林箊（yū）：竹名。

⑦ 滴沥：雨水下滴声。

⑧ 泥涂：泥泞。

⑨ 潦：积水。丘墟：指村落。

⑩ 里闾：乡里。

⑪ 力井税：尽力交纳田税。井，井田。

⑫ 曷：何。斗储：斗米之储。

⑬ 缅邈：遥远。

⑭ 居诸：语出《诗经·邶风·柏舟》：“日居月诸。”居、诸原为助词，后用以代称日月、光阴。指岁月蹉跎。

⑮ 草茅：在野未出仕的人，作者自指。

⑯ 郁怏：郁闷不乐。盈虚：满与空。指得意与失意。

⑰ 黄鹄：一种能高飞远举的大鸟，或云即天鹅。

⑱ 鸣鸡：用西晋祖逖事。逖与刘琨为友，俱怀大志，“情好绸缪，共被同寝。中夜闻荒鸡鸣，蹴琨觉，曰：‘此非恶声也。’因起舞”。事见《晋书·祖逖传》。起予：启发我。

⑲ 平台：古台名，故址在今河南商丘县东北平台集。参见《元和郡县图志》卷七。

⑳ 方：比。荀：指东汉荀俭、荀爽兄弟。荀淑有俭、爽等八子，“并有名称，时人谓之八龙”。见《后汉书·荀淑传》。陈：指东汉陈纪、陈谌兄弟。《后汉书·陈寔传》：“有六子，纪、谌最贤。”

㉑ 应徐：应玚、徐幹，均为“建安七子”之一，有文才。

㉒ 林宗：东汉郭太，字林宗，《后汉书》本传称他“性明知人，好奖训士类”。

㉓ 史鱼：春秋卫国大夫，名鳝，字子鱼，亦称史鱼。《韩诗外传》卷七载：“史鱼病且死，谓其子曰：‘我数言蘧伯玉之贤而不能进，弥子瑕不肖而不能退。为人臣生不能进贤而退不肖，死不当治丧正堂，殡我于室足矣。’……生以身谏，死以尸谏，可谓直矣。”孔子曾称赞他说：“直哉史鱼！邦有道如矢，邦无道如矢。”（《论语·卫灵公》）

㉔ 开襟：敞开襟怀。鄙吝：庸俗浅薄、计较得失之念。《后汉

书·黄宪传》:"同郡陈蕃、周举常相谓曰:'时月之间不见黄生,则鄙吝之萌复存乎心。'"祛:除去。

㉕"宁能"二句:陶渊明《读山海经十三首》其一:"穷巷隔深辙,颇回故人车。欢言酌春酒,摘我园中蔬。"宁能,怎能。

高适长安求官失败后,客居宋州"十年"(约举成数而言),而后于开元十九年北游燕赵,本诗即北游燕赵前在宋州所作。这是一首寄友诗,苦雨独居,有感而发。先自久雨成灾的景象写到为"田农"而惆怅忧伤,继而写欲上书为民请命却进言无路,于是引出个人沦落草野的身世之叹,最后以怀友和盼友人来访作结。诗中最值得我们注意的是,它表现了对农民疾苦的关怀与同情。诗人尖锐地提出,农民终年尽力耕耘以完税,为什么却家无斗米之储?很显然,诗人没有把农民贫困的原因仅仅归结到发生了自然灾害这一点上,还明确地提出了赋敛过重的社会问题。像这样的作品,记录了封建盛世的阴暗面,在开元诗坛上是不多见的,值得重视。

塞上听吹笛

雪净胡天牧马还[①]，月明羌笛戍楼间[②]。
借问梅花何处落[③]？风吹一夜满关山。

① 牧马：古代每称游牧民族入境侵扰为牧马。贾谊《过秦论》："乃使蒙恬北筑长城……胡人不敢南下而牧马。"

② 羌笛：乐器名，原出古羌族，长二尺四寸，四孔。

③"借问"句：笛曲有《梅花落》，属汉横吹曲，参见《乐府诗集》卷二四。

本诗诗题《国秀集》作"和王七度玉门关上吹笛"，《全唐诗》作"和王七玉门关听吹笛"。王七即王之涣（参见《唐人行第录》），其"玉门关听吹笛"诗，就是今存《凉州词二首》其一："黄沙直上白云间，一片孤城万仞山。羌笛何须怨杨柳，春风不度玉门关。"诗盖即作于玉门关，改以"凉州词"为题者，乃是经歌人播唱而以乐曲命名。本诗与王诗用韵相同，当系王诗的和作。王诗约作于开元中,高诗乃事后追和(开元中高未到过玉门关),作年当晚于王诗,姑编于此。

高诗“月明”句与王诗“羌笛”句相应,但从整体而言,高诗可谓另辟新境。它描写了入侵的胡人退走后,边境月夜美丽宁静的景象和气氛,境与情皆异于王诗。两诗同写闻笛,而吹奏的曲子与所蕴含的感情都不同。王诗吐露了久戍思归的征人的心声,高诗则流露了作者对边塞的向往之情。王诗深沉蕴藉,高诗爽朗明快,但在耐人寻味方面又有共同之处。

塞 上[1]

东出卢龙塞[2],浩然客思孤。亭堠列万里[3],汉兵犹备胡。边尘满北溟[4],虏骑正南驱。转斗岂长策[5]?和亲非远图[6]。惟昔李将军,按节临此都,总戎扫大漠,一战擒单于[7]。常怀感激心[8],愿效纵横谟[9]。倚剑欲谁语[10]?关阿空郁纡[11]!

① 塞上：乐府曲名，自汉乐府横吹曲《出塞》、《入塞》衍化而来。

② 卢龙塞：古代东北边防要塞，在今河北迁安县西北。

③ 亭堠（hòu）：古时用来瞭望敌情的土堡。

④ 北溟：北海，即渤海。

⑤ 转斗：久战。

⑥ 和亲：与侵扰边界的外族议和结亲。

⑦ "惟昔"四句：李将军，此合用李广、李牧两人之事。西汉名将李广为右北平太守，"匈奴闻之，号曰'汉之飞将军'，避之，数岁不敢入右北平"（《史记·李将军列传》）。右北平辖今河北承德、天津蓟县以东地区，卢龙塞即在其境内，故下文曰"按节临此都"。战国时赵良将李牧，驻代雁门，备匈奴，唯习射骑，谨烽火，厚遇战士，不与匈奴战。数岁，匈奴以为怯，"大率众来入，李牧多为奇阵，张左右翼击之，大破杀匈奴十余万骑……其后十余岁，匈奴不敢近赵边城"（《史记·李牧传》）。此即下文所谓"一战擒单于"事。按节，按辔徐行。都，城邑。总戎，统管军事。单于，匈奴称其君主为单于。

⑧ 感激：心有所感而激扬奋发。

⑨ 纵横谟：经营天下的谋略。
⑩ 倚剑：仗剑，持剑。
⑪ 关阿：关山。空：只。郁纡：忧思萦回。

这首诗作于开元十九年秋至二十一年冬北游燕赵期间，它比较集中和典型地表现了诗人当时的心情和思想。开元十八年，契丹军事首长可突于率其族人并胁迫奚众一起投附突厥，从此连年侵犯幽州、蓟州一带，"边尘"二句就写出了当时幽蓟敌焰方炽的严重局势。继之议论边策，指出与敌久战和用"和亲"的办法都无法消弭契丹南侵的祸患。接着通过追忆李将军，隐约地流露了作者对边将无能的不满，表达了他要求选用良将、一举破敌、在短期内解除边患的愿望。最后慨叹自己空有安边的壮志和大略却无人理睬。全诗抒情、议论结合，在失志的悲慨中寓有壮激之气，显现出悲壮、沉雄的本色。

蓟门五首[①]

蓟门逢古老[②]，独立思氛氲[③]。一身既零丁，头鬓白纷纷。勋庸今已矣[④]，不识霍将军[⑤]！

① 蓟门：即蓟丘，故地在今北京市德胜门外。

② 古老：即故老，指戍边的一位老兵。

③ 氛氲：气盛貌。指思绪纷繁。

④ 勋庸：功劳。已矣：犹言无望了。

⑤ 不识：不知，没遇上。霍将军：西汉名将霍去病，屡破匈奴，战功卓著。此指像霍去病那样的主将。

汉家能用武，开拓穷异域[①]。戍卒厌糟糠[②]，降胡饱衣食[③]。关亭试一望，吾欲涕沾臆[④]。

① 穷：尽。

② 厌糟糠：以酒滓、谷皮果腹。厌，饱。

③ “降胡”句：开元二十年三月，奚酋长李诗琐高率其部落五千余帐来降，诏封其为归义王，充归义州都督，赐物十万

段,徙其部落于幽州境内安置。事见《旧唐书·北狄列传》、《通鉴》卷二一三。

④ 欲:已。臆:胸。

边城十一月,雨雪乱霏霏[①]。元戎号令严[②],人马亦轻肥[③]。羌胡无尽日,征战几时归!

① 雨雪:下雪。霏霏:纷飞貌。

② 元戎:主帅。指幽州节度使。

③ 轻肥:指裘轻马肥。《论语·雍也》:“乘肥马,衣轻裘。”

幽州多骑射[①],结发重横行[②]。一朝事将军,出入有声名。纷纷猎秋草,相向角弓鸣[③]。

① 幽州:治所在今北京城西南。先天二年,唐置幽州节度使,以防御奚、契丹。

② 结发:犹束发。古代男子年二十束发初冠。横行:纵横

驰骋。

③ 角弓：用兽角装饰的弓。

黯黯长城外，日没更烟尘[①]。胡骑虽凭陵[②]，汉兵不顾身。古树满空塞，黄云愁杀人。

① 烟尘：烽烟尘土。指敌兵来犯。

② 凭陵：仗势侵凌。

这组诗作于北游燕赵期间，但应是陆续写成，而非一时之作。诗人亲临边塞，冷静观察，在这组诗里写出了他的所见所闻所感，内容非常丰富。尤其值得注意的是，作者能体贴边兵的情怀，喊出他们的心声。

第一首写戍边老兵孤苦零丁、立功无望的悲哀；第四首表现幽州少年勇武善战、从军报国的气概。对照阅读以上两诗，不难悟出，“古老”昔日年轻时，何尝异于今日的幽州少年，他之所以没有立战功，关键在于所事将帅不得其人，这就讽刺了当时边将的无能，表达了广大战士要求选任良将的愿望。第二首虽言汉事，实指唐代。“戍卒”四句，为戍卒遭轻慢、虐待而哀伤。第三首“羌胡”二句，感叹战争无有休止，士卒归家无日。诗敢于揭露真相，直抒士卒怨苦。

第五首专咏都山之败。据两《唐书·北狄传》、《通鉴》卷二一三等载，开元二十一年闰三月，契丹首领可突于来犯，幽州节度使薛楚玉命副总管郭英杰及裨将吴克勤、邬知义、罗守忠率精骑一万并领降奚之众迎敌，屯于榆关（今山海关）之外；可突于引突厥兵来，与唐军战于都山（在河北迁安县北，长城外）下，“奚持两端，散走保险，唐兵不利，英杰战死。余众六千余人犹力战不已，虏以英杰首示之，竟不降，尽为虏所杀”。这是一场惨烈的战争，战士们的宁死不降，反映了盛唐时代民族精神的蓬勃高涨。这首诗的头两句，先点出战斗发生的地方——长城外，接着为战士们的奋不顾身、壮烈牺牲而赞叹，而歌哭，全诗充满浓厚的哀痛气氛。

高适的这组边塞力作，皆直面现实，有感而发；不以词采取胜，而以充实的内容、饱满的感情引人；多在夹叙夹议中披露胸襟，抒写怀抱，基本不使用寓情于景的表现方法；偶尔写景，也只是从自己的主观感受着笔，例如第五首的“古树”二句。这组诗以浑朴质实见长，直追汉魏的特点比较显明。

营　州　歌[1]

营州少年厌原野[2]，皮裘蒙茸猎城下[3]。
虏酒千钟不醉人[4]，胡儿十岁能骑马。

① 营州：唐州名，治所在今辽宁朝阳。开元时于此置平卢节度使。

② 厌原野：满足、喜好过野外的狩猎生活。

③ 蒙茸：皮毛纷乱的样子。

④ 钟：酒器。

此诗作于北游燕赵期间。营州西北接奚，北接契丹，东北有室韦、靺鞨诸部，为一多民族杂居之地。作者笔下的“营州少年”，从小就鞍马娴熟，酒量大得惊人，穿着毛长而乱的皮袍，成群地出猎于城外，一派边疆游牧民族青年剽悍尚武的风情。此诗形象鲜明生动，洋溢着一股豪迈勇健之气。这样的诗，若没有亲临边疆的生活体验，恐怕是难以写出来的。

自蓟北归[①]

驱马蓟门北，北风边马哀。苍茫远山口，
豁达胡天开[②]。五将已深入，前军止半回[③]。
谁怜不得意，长剑独归来[④]！

① 蓟北：指蓟门以北。

② 豁达：开阔通达貌。

③ “五将”二句：汉宣帝本始二年，遣田广明、范明友、韩增、赵充国、田顺五将军，兵十余万骑，出塞各二千余里，击匈奴。事见《汉书·匈奴传》。此处借指都山之败，“五将”谓薛楚玉、郭英杰、吴克勤、邬知义、罗守忠（《新唐书·北狄传》谓

薛楚玉亦参加此次战役),参见《蓟门五首》讲评。

④“谁怜”二句:《战国策·齐策》载,冯谖为孟尝君门客,不满于自己的待遇,曾多次倚柱弹剑而歌曰:“长铗(剑)归来乎!”孟尝君每次都满足了他的要求,冯谖遂不复歌。

本诗系开元二十一年冬自蓟北南还时作。起手以“北风边马哀”的音响描写,营造出一种悲凉的气氛,为结尾的“不得意”埋根。“苍茫”二句写归途中所见,用移动的笔触,展现出山内山外天地迥异的景象。最后四句交代不得不自蓟北南还的原因。其中前两句写不久前发生的令诗人难以忘怀的都山之败,但与《蓟门五首》其五所写有所不同,后者着重颂扬战士们宁死不降的精神,本诗则着重讽刺将帅的指挥失当。诗人是怀着立功边塞的理想和热情北上蓟门的,边将的无能、边患的严重使他激愤和跃跃欲试,然而请缨无路,也就只有“长剑独归来”了。在结尾的失意浩叹中,跳动着的是一颗急于用世的雄心。全诗直抒胸臆却言尽而意不止,显然是经过精心结构和提炼的。

邯郸少年行[①]

邯郸城南游侠子，自矜生长邯郸里[②]。千场纵博家仍富，几处报仇身不死。宅中歌笑日纷纷，门外车马如云屯[③]。未知肝胆向谁是[④]，令人却忆平原君[⑤]。君不见今人交态薄，黄金用尽还疏索[⑥]！以兹感叹辞旧游[⑦]，更于时事无所求。且与少年饮美酒，往来射猎西山头[⑧]。

① 邯郸少年行：属乐府杂曲歌辞，参见《乐府诗集》卷六六。邯郸，战国赵都，在今河北邯郸市西南；唐有邯郸县，即今邯郸市。

② 自矜：自夸。

③ 如云屯：如云聚集，形容车马众多。

④ 肝胆：喻真心诚意。

⑤ 平原君：即赵胜，赵武灵王之子，战国四公子之一，以爱贤好士著称。《史记·平原君虞卿列传》："武灵王诸子中胜最贤，喜宾客，宾客盖至者数千人。"邯郸旧为赵地，故作者

联想到平原君。

⑥ 疏索：疏远，冷淡。

⑦ 兹：此。旧游：旧交。

⑧ 西山：指马服山，在邯郸西北十里。

本诗为作者自蓟北南还途经邯郸时所作。诗的前六句写邯郸游侠少年的行为。它较之《史记·游侠列传》所写“布衣之侠”的广交游、重然诺、讲信义、急人难，显然已有许多不同。接下“未知”二句笔锋突转，谓世无爱贤好士的平原君，我不知应向谁去披肝沥胆！高适“性拓落，不拘小节”，“隐迹博徒”，自有侠气，但更有远大的政治抱负和极强的功名心，岂甘长与游侠少年为伍，同他们肝胆相向？然他为实现抱负而求仕的努力屡遇挫折，在蓟北赠诗信安王幕府中旧交求其援引亦遭冷遇，所以便用这两句诗大抒感慨，其中含有诗人的许多辛酸、痛苦、激愤不平和知己难觅的无奈！这两句诗是全诗的枢纽，既与前六句似断实连，又用以逗引出后六句，且直言抒慨，而又十分耐人寻味，因此深受诗评家股播称赏，说此二句乃“余所爱者”，“吟讽不厌矣”(《河岳英灵集》卷上)，殷璠真是深知高适的人！

效古赠崔二[1]

十月河洲时，一看有归思。风飙生惨烈[2]，雨雪暗天地。我辈今胡为？浩哉迷所至[3]。缅怀当途者[4]，济济居声位[5]。邈然在云霄，宁肯更沦踬[6]！周旋多燕乐[7]，门馆列车骑。美人芙蓉姿[8]，狭室兰麝气[9]。金炉陈兽炭[10]，谈笑正得意。岂论草泽中，有此枯槁士[11]！我惭经济策[12]，久欲甘弃置[13]。君负纵横才[14]，如何尚憔悴？长歌增郁怏[15]，对酒不能醉。穷达自有时，夫子莫下泪。

① 效古：仿效古体之意。南朝江淹诗已有此题。

② 风飙：暴风。惨烈：严寒。

③ 浩哉：广大貌。

④ 当途者：执政之人。

⑤ 居声位：占据荣显的名位。

⑥ 宁：岂。沦踬：沦落困顿。

⑦ 燕乐：宴饮作乐。

⑧ 芙蓉：莲花。《西京杂记》卷二："文君姣好……脸际常若芙蓉。"

⑨ 狭室：内室。

⑩ 金炉：铜火炉。兽炭：调和炭末制成的兽形之炭。

⑪ 枯槁：贫困憔悴。

⑫ 经济策：经世济民的谋略。

⑬ 欲：已。

⑭ 负：具有。纵横才：经营天下的雄才。

⑮ 郁怏：郁闷愁苦。

这首赠友诗，约作于自蓟北南还途中。高适胸怀大志，非常自负，但五十岁以前一直是失意的，所以诗歌中多抒发怀才不遇的感喟。他还常同那些和自己一样的失意者往还，并用诗歌诉说共同的遭遇和不平。特别是对那种有济世高才却遭埋没的现象，诗人更感到难以容忍。如他的《饯宋八充彭中丞判官之岭外》说:“睹君济时略,使我气填膺。长策竟不用,高才徒见称。”本诗的酬赠对象崔二,也是一个有济世高才却遭弃置的人,高适在诗中为他鸣不平,并把不满和愤恨,直接投向当路的权贵,揭露他们只图把持高位,过穷奢极欲的生活,根本不关心人才的进用。诗人的揭露是深刻的,诗歌流露出来的感情也极强烈。

二、客居淇上、宋中与漫游齐鲁等地(734—748)

开元二十一年(733)冬,高适在北游燕赵两年寻找入幕机会未果后,终于失望地离开幽蓟南返。南返后,即在淇上隐居躬耕。《淇上别业》:"依依西山下,别业桑林边……且向世情远,吾今聊自然。"《淇上别刘少府子英》:"近来住淇上,萧条唯空林,又非耕种时,闲散多自任。"虽然诗人真的过了一段隐居躬耕生活,但并不甘心就此隐逸。他始终不忘用世,开始探寻别的入仕门路。走由应制举而入仕的道路,成为诗人当时的一种新选择。

制举是"天子自诏"并亲自临试、用来选拔"非常之才"的一种特别的考试,它与明经、进士等常科考试的不同主要为：制举考试的科目和时间都由皇帝临时下诏决定，而常科考试的科目与时间则都是固定不变的；应制举人一般是各府州长官举荐的知名之士，而应常科人则是经过逐级考试选拔出来的优胜者；制举一般只试策，其内容与时事政治密切相关，而常科考试的内容则不这样；常科及第后尚须经吏部考试合格方能授官，而制举一经登第，一般就能立即授官，而且所授官位，优于进士及第者。所以，制举比起常科，是一条较快速的入仕之途。"耻预常科"的高适，选择此途乃顺理成章之事。

开元二十三年乙亥(735)正月，唐玄宗下诏："其或才有王霸之略，学究天人之际，智勇堪将帅之选，政能当牧宰之举者，五品以下清官及军将、都督、刺史各举一人；孝悌力田，乡间推挽者，本州刺史长官各以名闻。"(《册府元龟》卷六四五)据此可知开元二十三年有制举。高适《酬秘书弟兼寄幕下诸公》诗序云："乙亥岁，适征诣长安。"知高适曾于本年被征召到长安，应制科试。但未中第，在那里滞留了一段时间后，又回到他久居的宋州。

从这时候开始直到天宝八载(749),高适大部分时间居于宋州(睢阳郡),但其间曾几度外出漫游:开元末游相州,作有《题尉迟将军新庙》诗;天宝三载(744),与李白、杜甫共游汴州、宋州,《新唐书·杜甫传》说:“尝从白及高适过汴州,酒酣登吹台,慷慨怀古,人莫测也。”杜甫在《遣怀》诗中追忆说:“昔我游宋中,惟梁孝王都……忆与高李辈,论交入酒垆。两公壮藻思,得我色敷腴。气酣登吹台(在汴州),怀古视平芜。”在《昔游》诗中也说:“昔者与高李,晚登单父台(在宋州)。寒芜际碣石,万里风云来……清霜大泽冻,禽兽有余哀。”此时三人皆不遇(李白已被赐金放还),在一起登临怀古,射猎赋诗,慷慨酣饮,订下了终生之交;同年秋末“东征”,自宋州首途,经灵璧、泗县、淮阴等地,至襄贲(今江苏涟水)而返;四载秋,游东平郡(治今山东东平西北),有《东平路中遇大水》等诗;五载至济南郡,与北海太守李邕相会。这段期间诗人的坎坷遭遇和漫游生活,对他的思想及创作产生了积极的影响。

这个时期诗人求仕再次失败，生活在“姑不隐而不仕”（《东征赋》）之中渡过。他读书、躬耕，“隐迹博徒”（《河岳英灵集》卷上），“屠沽亦与群”（李颀《赠高三十五》），亲自参加劳动，广泛接触下层百姓，从而得以了解更多的社会实际；他漫游、结交、干谒，这样既能加快自己作品的流布，提高自己的社会声誉，为未来的入仕打造阶梯，又能增广阅历，扩大视野，丰富创作的题材。这期间，政治上的长期失意使诗人感到愤慨、不平，往往慷慨悲歌，但他对美好的前途又始终充满着希望和自信，如说：“公侯皆我辈，动用在谋略”（《和崔二少府登楚丘城作》）；“且见壮心在，莫嗟携手迟”（《宋中别周梁李三子》）；“不叹携手稀，恒思着鞭速。终当拂羽翰，轻举随鸿鹄”（《酬鸿胪裴主簿雨后睢阳北楼见赠之作》）。正因为这样，其诗于悲歌之中，往往寓有壮健之气，情调并不显得低沉。

高适这个时期的诗歌创作更趋于成熟。前一个时期诗人北游燕赵，创作了《塞上》、《蓟门五首》等不少优秀的边塞诗，这一时期诗人虽离开边地，却将前一时期积累的边塞生活体验为基础，创作了他边塞诗中最杰出的代表作《燕歌行》。这首诗无论从哪个方面说，都标志着高适的边塞诗创作达到了新的更高的水平。从诗歌的体裁方面来看，前一时期高适写的五古最多，七古次之，近体诗则写得很少；而这一时期五古的数量仍然最多，五律次之，七古又次之，表现出近体的写作有所加强、古近各体均衡发展的趋向。除五律外，这一时期写的五言排律、七律，数量都有所增加，质量也有所提高。七古在高诗中数量不算最多，但为高适所最擅长，这在他前一时期的创作中已经表现出来，到了这一时期，七古创作仍具旺盛势头，而且名篇佳作《燕歌行》、《古大梁行》等的出现，似可证明他的七古创作质量又有了提高。

淇上别业[①]

依依西山下[②]，别业桑林边。庭鸭喜多雨，
邻鸡知暮天。野人种秋菜[③]，古老开原田[④]。

且向世情远，吾今聊自然。

① 淇：淇水，古时为黄河支流，今流经河南林县、鹤壁市、淇县，入卫河。

② 依依：草木茂盛貌。

③ 野人：乡野之人，农夫。

④ 古老：故老，指老农。

开元二十一年冬高适自蓟北南归后，便在淇上隐居躬耕，本诗作于次年（734）。诗人是在两度谋求仕进均遭到失败的情况下隐居躬耕的，这首诗写出了诗人对此种生活的感受，其中“庭鸭”一联，以自然、质朴的语言，表现了乡居生活的活跃情趣。明钟惺评道：“喜字、知字妙于体物。”（《唐诗归》卷一二）甚是。

夜别韦司士[①]

高馆张灯酒复清，夜钟残月雁归声。只言

啼鸟堪求侣[②],无那春风欲送行[③]。黄河曲里沙为岸[④],白马津边柳向城[⑤]。莫怨他乡暂离别,知君到处有逢迎。

① 司士:官名,即司士参军事,州刺史佐吏。

② “只言”句:《诗·小雅·伐木》:“伐木丁丁,鸟鸣嘤嘤……嘤其鸣矣,求其友声。”堪,能。

③ 无那:无奈。

④ 黄河曲里:言黄河河道之曲折处。《尔雅·释水》:“河出昆仑虚……百里一小曲,千里一曲一直。”

⑤ 白马津:古黄河津渡名,在今河南滑县东北,位于古黄河南岸,与北岸黎阳津相对。

这是一首送别诗,作于隐居淇上期间。首句写夜宴,馆高灯明酒清,一派兴高采烈气象;次句写将晓时钟鸣月残,复闻归雁之声,为伤别渲染了气氛。三、四句谓啼鸟尚能求其侣,何况人呢!隐指自己已找到韦这样的好友,然而好友却又要马上离去,真是无可奈何!“春风送行”既点明时令，又暗示友人将乘舟扬帆而去。五、六句写送别地附近的风物，淇水流至唐卫州卫县（今河南淇县）入黄河，谓之淇水口，白马津是古黄河的重要津渡，其离淇水口甚近，则送别之地当在淇水口一带。“柳向城”借写柳以表达惜别之情。最后两句以慰藉语作结。全诗多顿宕起伏，耐人寻味，是唐人送别诗中的佳篇。

自淇涉黄河途中作十三首（选一）

朝从北岸来，泊船南河浒[①]。试共野人言，深觉农夫苦。去秋虽薄熟[②]，今夏犹未雨。耕耘日勤劳，租税兼舄卤[③]。园蔬空寥落[④]，产业不足数[⑤]。尚有献芹心[⑥]，无因见明主。

① 南河浒：指黄河南岸。

② 薄熟：庄稼略有收成。

③ 舄(xì)卤：盐碱地。

④ 寥落：稀疏。

⑤ 不足数：不值得计算。言甚少、不值得一提。

⑥ 献芹：典出《列子·杨朱》："昔人有美戎菽，甘枲茎、芹萍子者，对乡豪称之。乡豪取而尝之，蜇于口，惨于腹，众哂而怨之，其人大惭。"此处用为献策进言之谦辞。

高适隐居淇上期间，曾泛舟沿淇水入黄河，游览沿岸各地，这组诗就是此次旅途中所作，它们记述了作者的所见、所闻、所感。所选为第九首，描写泊舟黄河南岸，与农夫交谈的感受，通过如话家常一般的关于年成和生活的言语，既把农民的苦况描写出来，也把作者对农民的关心和同情表达了出来，于平淡、素朴的记叙中，见出作者的真情。

本诗也提出了赋税过重的社会问题，可与前《苦雨寄房四昆季》诗相参。

醉后赠张九旭①

世上谩相识②，此翁殊不然。兴来书自

圣[3]，醉后语尤颠[4]。白发老闲事[5]，青云在目前[6]。床头一壶酒，能更几回眠？

① 张九旭：旭字伯高，行九，苏州吴（今江苏苏州）人。初为常熟尉，后官太子左率府长史。嗜酒，善草书。每醉后号呼狂走，索笔挥洒，或以头濡墨而书，醒后自视手迹，以为神异，世呼为“张颠”、“草圣”。又能诗文，与贺知章、包融、张若虚齐名，号“吴中四子”。

② 谩相识：胡乱相识，泛交、滥交之意。谩，通漫。

③ 书自圣：书法自然入于圣境。

④ 颠：狂。

⑤ 老闲事：老于闲散之职事。

⑥ 青云：喻隐逸。《南史·衡阳王钧传》：“形入紫闼，而意在青云。”

开元二十三年（735），高适到长安应制举，落第后在那里滞留了一段时间，这首诗大约就是第二年在长安写的，当时张旭官太子左率府长史（正七品上）。诗歌把“草圣”张旭嗜酒不羁、恬退自适的性格特征准确地刻画出来了。高适的好友李颀也有一首约作于同时的《赠张旭》诗：“张公性嗜酒，豁达无所营。皓首穷草隶，时称太湖精。露顶据胡床，长叫三五声。兴来洒素壁，挥笔如流星。下舍风萧条，寒草满户庭。问家何所有，生事如浮萍。左手持蟹螯，右手执丹经。瞪目视霄汉，不知醉与醒……微禄心不屑，放神于八纮。时人不识者，即是安期生。”这两首诗都能紧紧抓住“草圣”的性格特征加以表现，但一律一古，一短一长，一敛一放，各有不同；在人物形象的刻绘上，总的说来李诗显得更鲜明、生动些。

哭单父梁九少府[①]

开箧泪沾臆[②]，见君前日书。夜台今寂寞[③]，犹是子云居[④]。畴昔贪灵奇[⑤]，登临赋山水。同舟南浦下[⑥]，望月西江里。契阔多别离[⑦]，绸缪到生死[⑧]。九原即何处[⑨]？万事皆如此。晋山徒嵯峨[10]，斯人已冥冥[11]。常时禄且薄，殁后家复贫。妻子在远道，弟兄无一人。十上多苦辛[12]，一官常自哂[13]。青云将可致[14]，白日忽先尽[15]。唯有身后名，空留无远近[16]。

① 单父：唐县名，属宋州，在今山东单县南。梁九：名洽，行九，开元二十二年登进士第，解褐单父尉，不久卒于任上。少府：县尉别称。

② 箧：箱子。

③ 夜台：坟墓，阴间。

④ 子云居：汉扬雄字子云，蜀郡成都人。少好学，善属文。为人不慕荣利，自甘淡泊。家素贫，人罕至其门。事见《汉书·扬雄传》。

⑤ 畴昔：从前。灵奇：指神奇的山水。

⑥ 南浦：泛指南面的水滨。屈原《九歌·河伯》："子交手兮东行，送美人兮南浦。"下句"西江"亦泛指。

⑦ 契阔：离合，聚散。《诗·邶风·击鼓》："死生契阔，与子成说。"

⑧ 绸缪：缠绵。

⑨ 九原：犹九泉，地下。即：今。

⑩ 晋山：盖梁洽为晋人，故以晋山的高峻喻洽的高行。

⑪ 已冥冥：已死。

⑫ 十上：用苏秦十次上书事。《战国策·秦策》："（苏秦）说秦王，书十上而说不行。"此处喻指多次应举失利。

⑬ 自哂（shěn）：自嘲。

⑭ 青云：喻高位。

⑮ "白日"句：喻指人卒。

⑯ 无远近：不论远近。

这是一首悼亡诗，开元二十四、五年作于宋州。全诗回忆了自己与亡友的密切交往和深挚情谊，为他的不遇、早逝和身后的凄凉而哀伤。其中首四句诗意绝佳，传说当时已被梨园伶官谱曲传唱。唐薛用弱《集异记》卷二"王之涣"条载，开元中，诗人王昌龄、高适、王之涣齐名，一日共往旗亭小饮。忽有梨园伶官十数人，登楼会宴，有妙妓四人，各唱一曲，其中一妓所唱，即高适此诗之前四句。这四句诗写睹物思友、人亡物在的感伤，凄楚动人，其语言自然、平易，感情真挚、深沉，确属值得谱曲传唱的佳句。

别董大二首[①]（选一）

十里黄云白日曛[②]，北风吹雁雪纷纷。莫愁前路无知己，天下谁人不识君！

① 董大：敦煌唐诗选残卷作“董令望”，其事迹已不可考。

② 曛：日落的余光；昏黄。

这诗的第二首说：“六翮飘飖私自怜，一离京洛十余年。”因此可知当写于作者二十岁西游长安之后十余年的时候。诗的头两句写黄云蔽日，光线昏暗，北风劲吹，鸿雁南飞，大雪纷纷。此时离别，情何以堪？然而气质沉雄的诗人，却出人意外地接写了“莫愁”两句，以豪迈的语调，豁达的胸襟，劝慰和激励友人，消解别离的凄伤。头两句的景色极堪伤情，至此二句则豁然开朗，顿觉天清地阔。此二句与《夜别韦司士》之“莫怨他乡暂离别，知君到处有逢迎”意近，而语更豪迈动人。

燕　歌　行[①] 并序

开元二十六年，客有从元戎出塞而还者[②]，作《燕歌行》以示适；感征戍之事，因而和焉。

汉家烟尘在东北[③]，汉将辞家破残贼[④]。男儿本自重横行[⑤]，天子非常赐颜色[⑥]。摐金伐鼓下榆关[⑦]，旌旆逶迤碣石间[⑧]。校尉羽书飞瀚海[⑨]，单于猎火照狼山[⑩]。山川萧条极边土，胡骑凭陵杂风雨[⑪]。战士军前半死生，美人帐下犹歌舞。大漠穷秋塞草腓[⑫]，孤城落日斗兵稀。身当恩遇常轻敌，力尽关山未解围。铁衣远戍辛勤久，玉箸应啼别离后[⑬]。少妇城南欲断肠，征人蓟北空回首[⑭]。边庭飘飖那可度[15],绝域苍茫无所有[16]。杀气三时作阵云[17],寒声一夜传刁斗[18]。相看白刃血纷纷,死节从来岂顾勋[19]?君不见沙场征战苦,至今犹忆李将军[20]。

① 燕歌行:乐府旧题,属相和歌辞平调曲。其辞多与边地征戍有关。

② 元戎:主帅。指幽州节度使张守珪。张自开元二十一年至二十七年六月任幽州节度使。

③ 汉家:此以汉代喻指唐代。下句“汉将”意同。烟尘:烽烟尘土,指敌兵来犯。东北:唐的东北边地,即幽蓟一带。

④ 残贼:残暴的敌人。

⑤ 横行:指驰骋沙场。

⑥ 赐颜色:犹言赏脸。

⑦ 摐(chuāng):击。金:指钲铙一类军中乐器。伐:击。榆关:即今山海关。

⑧ 旌旆(pèi):泛指旗帜。逶迤:延续不断貌。碣石:山名,在今河北昌黎西北。

⑨ 校尉：武官名。羽书：指紧急军事文书。瀚海：沙漠。

⑩ 单于：匈奴称其君主为单于。猎火：围猎时燃起的火。亦借称游牧民族侵扰的战火。狼山：在今内蒙古河套西北，是阴山山脉的一部分。

⑪ 凭陵：仗势侵凌。风雨：形容敌兵来势迅猛。刘向《新序·善谋》："且匈奴者，轻疾悍亟之兵也。来若风雨，解若收电。"

⑫ 穷秋：深秋。腓（féi）：衰萎。隋虞世基《陇头吟》："穷秋塞草腓，塞外胡尘飞。"

⑬ 玉箸：玉制的筷子。喻妇女的眼泪。

⑭ 蓟北：指蓟门以北。

⑮ 飘飖：飘动貌。喻动荡不定。

⑯ 绝域：极远的地域。

⑰ 三时：指一天中的早、午、晚。阵云：犹言战云。

⑱ 刁斗：军中铜制用具，昼炊饭食，夜击之以为警戒。

⑲ 死节：为坚持节操而死。顾勋：顾及个人建立功勋之事。

⑳ 李将军：见《塞上》注⑦。

此诗开元二十六年（738）作于宋州，不论内容或题材，都同高适北游燕赵时写的诗歌一脉相承，显然是以那个时候积累的边塞生活体验为基础创作的。全诗以高度的艺术概括，深刻地表现了当时边塞征战生活的广阔场景和多种矛盾，既有对男儿自当驰骋沙场、杀敌立功的英雄气概的表彰，也有对战争给征人家庭带来痛苦的深切同情；一方面描写了敌人的凶猛和战斗的危险、艰苦，揭露了军中苦乐的悬殊，另一方面也展示了战士们复杂的内心世界，颂扬了他们奋勇杀敌、情愿以死报国的精神，并对将帅的腐化无能和不恤士卒，给予了有力的鞭挞。通篇苦难与崇高对照，抗敌的豪情与不平的愤怨交织，构成了一曲慷慨悲壮的歌。

这首诗在艺术上也相当成功。其叙事波澜层出，抒情细腻委婉，描写绘声绘色，韵调起伏跌宕，尽管语多偶对，全诗却仍不失歌行体流畅自然的本色。作者还很善于借提炼偶句，形成鲜明生动、具有典型意义的对比，以揭示社会生活的某些本质，比如“战士”二句就是如此。

古大梁行[①]

古城莽苍饶荆榛[②]，驱马荒城愁杀人。魏王宫观尽禾黍[③]，信陵宾客随灰尘[④]。忆昨雄都旧朝市[⑤]，轩车照耀歌钟起[⑥]，军容带甲三十万[⑦]，国步连营一千里[⑧]。全盛须臾那可论[⑨]，高台曲池无复存，遗墟但见狐狸迹，古地空余草木根。暮天摇落伤怀抱，抚剑悲歌对秋草。侠客犹传朱亥名，行人尚识夷门道[⑩]。白璧黄金万户侯[⑪]，宝刀骏马填山丘。年代凄凉不可问，往来唯见水东流。

① 古大梁：战国魏都，在今河南开封市西北。公元前 339 年，魏都自安邑迁到大梁。公元前 225 年，秦将王贲攻魏，决黄河及大沟水灌大梁，城毁，魏降。

② 莽苍：空旷无际貌。饶：多。荆榛：丛生的荆棘。

③ 尽禾黍：指宫室荒芜，都长了庄稼。语本《诗·王风·黍离》序："周大夫行役，至于宗周，过故宗庙宫室，尽为禾黍，

闵周室之颠覆，彷徨不忍去，而作是诗也。”

④ 信陵：指信陵君，即魏公子无忌，魏昭王少子，战国四公子之一。为人谦仁，善待贤士，门下有食客三千人。

⑤ 昨：昔。旧朝市：指魏都大梁的朝廷与市肆。

⑥ 轩车：古时大夫所乘的华贵车子。歌钟：打击乐器名，即编钟。古时贵族之家才备有这种大型乐器。此指歌钟声。

⑦ 带甲：披甲的武士。

⑧ 国步：国运，国势。一千里：《史记·苏秦列传》：“地方千里……魏，天下之强国也。”

⑨ 须臾：顷刻。

⑩ “侠客”二句：据《史记·魏公子列传》载，魏有隐士侯嬴，年七十，家贫，任大梁城东门夷门的看守，信陵君知其贤，谦而礼交之。后信陵君欲救赵，而魏王畏秦，不发兵，侯嬴为设计，窃得魏王兵符，假称王命夺晋鄙军以救赵。朱亥乃力士，隐于市井，与侯嬴有交，侯嬴荐其随信陵君前往晋鄙军中，晋鄙疑之，不授信陵君兵，朱亥因以铁椎击杀晋鄙，信陵君遂将晋鄙军而救赵。此时，侯嬴则在魏北向自刭殉身。

⑪ 万户侯：食邑万户的列侯。

天宝三载(744),高适与李白、杜甫共游汴州(治今河南开封)、宋州,本诗大约即此年游汴州时所作。这是一首怀古、吊古诗,其中多盛衰之感、沧桑之叹。首四句写驱马大梁古城所见荒凉景象,"忆昨"四句回忆昔日大梁的兴盛,"全盛"四句又复感叹今日大梁的衰败。最后八句引入自己,吊古的慨叹中,寓有个人怀才不遇的感喟;悲歌声里,跳动着诗人的一颗不甘寂寞的雄心。虽然全盛景象顷刻即成陈迹,达官显贵与宝刀骏马终归化为尘土,但侠士朱亥、侯嬴的声名却仍流传人世,并非一切都是虚无。

此诗往往推开去又拉回来,围绕着大梁的盛衰反复咏叹,形成情意的复沓和一唱三叹的艺术效果;又,全诗以散句为主,穿插以四对偶句,显得既自然流畅又色泽华润。

东平路中遇大水[①]

天灾自古有,昏垫弥今秋[②]。霖霪溢川

原[3],澒洞涵田畴[4]。指涂适汶阳[5],挂席经芦洲[6]。永望齐鲁郊[7],白云何悠悠!傍沿钜野泽[8],大水纵横流。虫蛇拥独树,麋鹿奔行舟。稼穑随波澜[9],西成不可求[10]。室居相枕藉[11],蛙黾声啾啾[12]。乃怜穴蚁漂,益羡云禽游。农夫无倚着[13],野老生殷忧[14]。圣主当深仁,庙堂运良筹[15]。仓廪终尔给[16],田租应罢收。我心胡郁陶[17],征旅亦悲愁[18]。纵怀济时策,谁肯论吾谋!

① 东平:唐郡名,即郓州,治所在今山东东平西北。

② 昏垫:谓困于水灾。语本《书·益稷》:"洪水滔天,浩浩怀山襄陵,下民昏垫。"弥今秋:今秋更甚。

③ 霖霪(yín):久雨。

④ 澒洞(hòng tóng):水连成一片、茫无边际貌。涵:淹没。

⑤ 涂:同"途"。适:往。汶阳:汶水之北。汶水即今山东大汶河。东平郡在汶水以北。

⑥ 挂席:挂帆。

⑦ 永望：长望，远望。

⑧ 钜野泽：又名大野泽，故址在今山东巨野县北，五代后渐干涸。

⑨ 稼穑：指庄稼。

⑩ 西成：秋天的收成。

⑪ 相枕藉：形容房屋倒塌，如人纵横相枕而卧。

⑫ 黾(mǐn)：青蛙。

⑬ 无倚着：无所依靠附着。

⑭ 殷忧：深忧。

⑮ 庙堂：朝廷。

⑯ 终尔给：终究由你们(指农夫)供应。

⑰ 胡：何。郁陶：忧思郁结貌。

⑱ 征旅：行旅，旅客。

天宝四载(745)秋，高适游东平，这首诗即作于赴东平途中。当时河南道不少州郡发生大水灾，诗的前二十句，就真切地记录了作者所见大水泛滥的令人惊心骇目的景象，并对无家可归的灾民表示深切的同情。接着作者发议论说，朝廷当拿出救灾的良策，国家仓廪中的粮食，终究是由“农夫”供应的，现在有了灾害，田租理应罢收。诗歌最后以“纵怀济时策，谁肯论吾谋”作结，把灾民的痛苦同自己的“济时策”联系起来，说明其“济时策”中包含有解除受灾百姓疾苦的内容，在当时显然具有一定的进步意义。

诗人在旅途中一“遇大水”，就立即想到当如何济时安民，这说明他以天下为己任，时常钻研安邦治国的方略，这种精神是盛唐士人的时代性格的一种反映。

送前卫县李寀少府[①]

黄鸟翩翩杨柳垂[②]，春风送客使人悲。怨别自惊千里外，论交却忆十年时。云开汶水孤帆远[③]，路绕梁山匹马迟[④]。此地从来可乘兴[⑤]，留君不住益凄其[⑥]。

① 卫县：唐卫州汲郡属县，即今河南淇县。

② 黄鸟：黄莺。

③ 汶水：今名大汶河，源出山东莱芜县北，古于梁山县东南入济水，今流入东平湖。

④ 梁山：在山东梁山县南。

⑤ 乘兴：《世说新语·任诞》载，王子猷（徽之）居山阴（今浙江绍兴），夜大雪，忽忆戴安道（逵），时戴在剡县（今浙江嵊县），即连夜乘舟往访。经宿方至，至门未见其人而返。人问其故，王曰："吾本乘兴而行，兴尽而返，何必见戴！"这里活用其事，谓朋友欢聚共游。

⑥ 凄其：形容情绪凄怆。

此诗天宝五载（746）春作于东平。诗写与友人惜别，首联点出送别的季节——黄莺轻飞、杨柳垂丝的春日，并指明此时送别适足以使人增愁。次联紧承首联，谓更何况以十年之交谊，而作千里之远别，能无悲怨吗？第三联进入分手的描写：上句写友人离去，"远"字表明作者目送孤帆，怅望良久；下句写自己送友后归来，"迟"字说明不忍回返。这两句诗逼真地写出了至友相别时的恋恋不舍之情。末联写别后想到不能留住友人，更觉凄怆。全诗情致委婉深切,情景相融无间,确为送别诗中的佳制。

赠 任 华[①]

丈夫结交须结贫,贫者结交交始亲。世人不解结交者,唯重黄金不重人。黄金虽多有尽时,结交一成无竭期。君不见管仲与鲍叔[②],至今留名名不移。

① 任华:乐安(今山东博兴)人。早年隐居山林,自称“野人”。天宝五载(746)至长安寻访李白,未遇。后曾为太常寺属吏。肃宗时任秘书省校书郎。乾元(758—759)中,以监察御史佐兴平军节度使李奂幕。有诗三首、文二十四篇存世。

② 管仲:名夷吾,字仲。鲍叔:即鲍叔牙。管、鲍皆春秋齐人,管仲少时贫困,与鲍叔游,鲍叔知其贤,善遇之。鲍叔事公子小白,管仲事公子纠,后小白立为桓公,管仲被囚。

鲍叔荐管仲为齐相，而己身下之。管仲曾说："吾始困时，尝与鲍叔贾，分财利多自与，鲍叔不以我为贪，知我贫也……生我者父母，知我者鲍子也。"事见《史记·管晏列传》。

此诗高适集诸本皆失载，现据《唐诗纪事》卷二二选入。这首赠友诗，专就交友之道发议论，大约作于作者出仕以前，具体时间不详，姑编于此。

杜甫天宝十一载（752）也写过一首内容同高适此诗很接近的《贫交行》："翻手作云覆手雨，纷纷轻薄何须数。君不见管鲍贫时交，此道今人弃如土！"这是诗人长期落拓不遇、历尽人情凉薄后发的愤语。高适《邯郸少年行》说："君不见今人交态薄，黄金用尽还疏索！以兹感叹辞旧游，更于时事无所求。"亦在失意中抒慨，和杜诗一样。本诗大抵也是沦落失志的产物，虽纯为议论，却是从对世情的深切体验中提炼出来的警语，足以发人深省。

三、作尉封丘与从戎河西(749—755)

天宝八载(749),高适已年近半百,仍入仕无门,窘迫已极。这时候,张九龄的弟弟张九皋正任睢阳郡太守,他赏识高适的才华,进献高适的诗集给唐玄宗,并推荐他应制举有道科;高适的知交颜真卿,此时亦予以援手,他为高适的诗集作四言诗数百字,并作序称扬张九皋荐贤的美意和高适的才华,“遍呈当代群英”(高适《奉寄平原颜太守》序)。于是本年六月,高适便被征召入京,考有道科中第,授陈留郡(汴州)封丘县尉。封丘尉的品秩不过从九品上,几经挫折,多历年所,高适才得到这样一个微职,自然不会感到满意;但此一微职毕竟来之不易,加上家贫、生活窘困(其《平台夜遇李景参有别》说:"家贫羡尔有微禄,欲往从之何所之?"),所以他还是在本年秋天取道洛阳到封丘上任。过洛阳时,诗人李颀作《赠别高三十五》诗送行:"小县情未惬,折腰君莫辞。吾观圣人意,不久召京师。"劝高适安于卑位,并以不久会召为京官的话相慰勉。然而朋友的劝慰并不能消除高适到任后的烦恼:"只言小邑无所为,公门百事皆有期。拜迎官长心欲碎,鞭挞黎庶令人悲。"(《封丘县》)"揣摩惭黠吏,栖隐谢愚公。"(《封丘作》)加上县尉的卑职同心高志远的期望相距毕竟太大,所以高适到任后没有多久,便产生了去职的念头。

天宝十载(751)冬,高适奉命出了一趟官差:自封丘送新兵赴清夷军。清夷军是范阳节度(即幽州节度,天宝元年更名)所统九军之一,屯驻于今河北怀来东南。这是高适第二次赴幽州,一到那里,不禁勾起他首次游幽蓟希求入幕而无门的隐痛;然而此番赴幽州,仍然不是从戎入幕,同样不能立功边地,所以此时的诗人,有着满腹安边之志难酬的牢骚,这只有借写诗来倾吐了。在送兵时写的诗中,高适还对当时幽州边地的内幕作了揭露。天宝十载秋，身兼范阳、平卢、河东三镇节度使的安禄山，诬称契丹酋长准备叛唐，发三镇兵共六万出击，结果大败，士卒伤亡殆尽。高适送兵期间作的《赠别王十七管记》描写了这次战争："星高汉将骄，月盛胡兵锐。沙深冷陉断，雪暗辽阳闭。亦谓扫欃枪，旋惊陷蜂虿。归旌告东捷，斗骑转西败。遥飞绝漠书，已筑长安第。画龙俱在叶，宠鹤先归卫。"诗中无情地揭露了安禄山妄启边衅、骄矜轻敌、惨败后又谎传"捷报"的丑行，也辛辣地讽刺了唐玄宗对败将安禄山的备极恩宠。又《答侯少府》："北使经大寒，关山饶苦辛。边兵若刍狗，战骨成埃尘。行矣勿复言，归欤伤我神。"对安禄山之视边兵若刍狗，随意将他们驱赶到战场上去送死以邀取荣宠，诗人感到无限悲痛。送兵期间在边地的所见所闻，令高适感到愤慨和失望，并促使他下定去职的决心。在完成送兵的任务之后，高适于十一载(752)春南返封丘，接着便毅然辞去了封丘尉的职务。

高适是一个功名心极强、不甘寂寞的人，弃了微官并不意味着他想靠隐居躬耕度过余生。辞官后不久，高适就又到长安寻找新的出仕机会。十一载秋,他曾在长安与诗人杜甫、岑参、储光羲、薛据共登慈恩寺塔,各赋诗一首。五人在当时都以诗名世,他们的共游同赋是诗歌史上的一件盛事。十二载(753)四月,高适仍在长安,作有颂美征南诏战争的《李云南征蛮诗》。大约就在这前后,高适受到哥舒翰幕府判官田梁丘的举荐,被哥舒翰辟为幕府掌书记,并于这年五、六月间,由长安出发赴河西。

哥舒翰是突骑施哥舒部落的后裔,天宝六载开始任陇右节度使。他任此职期间,屡破吐蕃,消除了边患,当时的民谣《哥舒歌》这样称赞他:“北斗七星高,哥舒夜带刀。至今窥牧马,不敢过临洮。”天宝十二载五月,他又因收复九曲之功,加河西节度使。史书还说哥舒翰“好读《左氏春秋传》及《汉书》,疏财重气”,曾力救被诬陷的上司王忠嗣,时人“义而壮之”(《旧唐书·哥舒翰传》)。高适这次赴河西,一方面因为入幕的宿愿终于实现,另一方面由于所追随的主帅是好读书、重义气和颇有军事才干的哥舒翰,所以精神面貌与前两次出塞时大不相同。他自以为遇上了知己:“浅才登一命,孤剑通万里。岂不思故乡,从来感知己。”(《登陇》)立功扬名的愿望不难实现,因此情绪是甚为昂扬和振奋的。

自天宝十二载赴河西至十四载冬安史之乱爆发,高适一直任河西、陇右节度使幕府掌书记。这期间他创作了不少边塞诗,这些诗大都洋溢着高昂、明朗、欢快的情调,同前两次出塞时的作品颇不一样。前两次出塞时的作品,既有豪迈雄壮的一面,又有悲歌慷慨的一面,形成了悲壮的特点;而这次出塞期间的诗歌,则以豪壮为主要特色。这种不同与作者身份、地位的变化有很大关系。作者这次是以幕僚的身份出塞的,热切希望跟随府主立功边疆,所以作品多表现从军出塞、征战立功的豪情。但作为为府主所辟署、与府主共升沉的幕僚,对府主又具有一定的依附性,这不免给高适这次出塞时的创作,带来某些局限。其表现是:在诗中盲目颂扬府主战功,甚至歌颂残杀;前两次出塞时的作品,往往同情士卒疾苦,喊出他们的呼声,而这次出塞时的诗歌,在这方面却不见一语。

封　丘　县[①]

我本渔樵孟诸野[②]，一生自是悠悠者[③]。乍可狂歌草泽中[④]，宁堪作吏风尘下[⑤]！只言小邑无所为，公门百事皆有期。拜迎官长心欲碎，鞭挞黎庶令人悲。归来向家问妻子，举家尽笑今如此。生事应须南亩田[⑥]，世情付与东流水[⑦]。梦想旧山安在哉[⑧]？为衔君命日迟回[⑨]。乃知梅福徒为尔[⑩]，转忆陶潜归去来[⑪]。

① 封丘：唐县名，即今河南封丘县。

② 孟诸：古泽名，在今河南商丘东北、虞城西北。

③ 悠悠者：闲适自在的人。

④ 乍可：只可。

⑤ 宁堪：怎堪。风尘：指纷扰的尘世。

⑥ 生事：谋生之事。南亩：泛指田亩。

⑦ 世情：指官场情态。

⑧ 旧山：故乡。

⑨ 衔君命：指奉君命为吏。迟回：迟疑不决。

⑩ 梅福：西汉末年九江郡寿春县人。曾任南昌县尉，后弃官，归寿春。事见《汉书·梅福传》。徒为尔：徒劳而已。指任县尉而言。

⑪ 陶潜归去来：陶潜，字渊明，晋浔阳郡柴桑县人。曾任彭泽县令，岁末，郡遣督邮至，县吏言“应束带见之”，渊明叹曰：“我岂能为五斗米折腰向乡里小儿！”即日解绶去职，赋《归去来辞》。事见萧统《陶渊明传》。

天宝八载（749），高适应制举有道科中第，授陈留郡（汴州）封丘县尉，本诗即作于在封丘任职期间，它抒写了诗人当一名小小的县尉后的矛盾、痛苦和失望的心情，真实感人。其中“拜迎”二句，为一篇之警策，历来传诵人口。这两句诗具有很强的概括力，它通过县尉对长官与对百姓不同态度的鲜明对比，深刻地揭示了封建社会官府的黑暗、污浊和下层官吏处境的可怜，并展现出诗人善良正直与同情人民的品格。接下来“归来”二句，也不失为警语，它在似乎很随便、很轻松的一问一答中，将前二句揭露批判的锋芒指向更为广阔的领域，使全诗的现实意义进一步增强。

这是一首七言古诗，语言朴素无华，平易如话。全诗在两个散句之后，总是接以两个对偶句，散句与对句有规律地交替出现，错落有致，给人以一种独特的艺术美感。这一点也说明，诗人对语言是作了精心的提炼和加工的，并非随口说话。

送兵到蓟北[①]

积雪与天迥[②]，屯军连塞愁。谁知此行迈[③]，不为觅封侯[④]！

① 蓟北：指蓟门（在今北京市德胜门外）以北。

② 与：共。迥：远。

③ 行迈：远行。

④ 封侯：侯是古代的一种爵位，汉时多用以封功臣。

天宝十载(751)冬,高适在封丘尉任,奉命将在本地招募的新兵送到清夷军,本诗即送兵时所作。清夷军有兵一万人,驻妫州(今河北怀来东南)城内,为范阳节度使所统九军之一。诗的首句写出边地广漠荒寒的景象,为第二句的"愁"字埋根。第三、四句感叹此行非入幕,乃送兵,无从立功边地!从中我们不难感受到,诗人立功边地的愿望是多么强烈。

使清夷军入居庸三首[①]

匹马行将久[②],征途去转难。不知边地别[③],只讶客衣单。溪冷泉声苦,山空木叶干。莫言关塞极[④],云雪尚漫漫。

① 居庸:关名。在北京昌平军都山(旧称居庸山)上,两山夹峙,地势险要。唐时又称蓟门关。

② 将:渐。

③ 别:指气候与内地不同。

④ 极：穷尽。

古镇青山口[①]，寒风落日时。岩峦鸟不过，冰雪马堪迟[②]。出塞应无策，还家赖有期。东山足松桂[③]，归去结茅茨[④]。

① 古镇：指居庸关镇。

② 堪：可，能。迟：慢行。

③ 东山：东晋谢安曾隐居会稽东山，后遂以东山泛指隐居之地。足：充足，多有。

④ 结：构筑。茅茨：草屋。

登顿驱征骑[①]，栖遑愧宝刀[②]。远行今若此，微禄果徒劳。绝坂冰连下，群峰雪共高。自堪成白首，何事一青袍[③]！

① 登顿：上下。指山行。

② 栖遑：奔忙不定。愧宝刀：谓徒有武艺而不得用。

③ 青袍：唐代流内官分为一至九品，其中规定八、九品着青色官服。此指县尉卑职。

清夷军在居庸关外，这组诗作于天宝十载（751）冬送兵至清夷军后还入居庸关之时。第一首写送兵征程之艰苦。首二句说山路难行；三、四句写边地的严寒异于内地；五句说寒溪泉声凄苦，实际不是"泉声苦"，而是诗人的心绪苦，此即移情入景；六句中的"干"字，不仅写出了树叶的枯黄（眼见），还写出了风吹焦叶的声响（耳闻）；末二句以云雪的漫漫无际来表现边地的遥无尽头。

第二、三首接写还入居庸关时的心情。诗人有满腹安边之志难酬的牢骚，如云"栖遑愧宝刀"，云"微禄果徒劳"等等，而所谓"出塞应无策"，则是出于愤慨的反话，"岂无安边书，诸将已承恩"（《蓟中作》），才是诗人的真正心声。在不满和失望之余，诗人终于下定了辞去封丘尉职的决心："自堪成白首，何事一青袍！""东山足松桂，归去结茅茨。"且在回封丘不久后真的辞官去职。

这两首诗多直抒胸臆,但间或也用写景来烘托感情,只是其写景皆以大笔勾勒,而很少对景物作细致入微的描绘。高诗写景,大都具有这种特点。

蓟　中　作[①]

策马自沙漠,长驱登塞垣。边城何萧条,白日黄云昏。一到征战处,每愁胡虏翻[②]。岂无安边书,诸将已承恩。惆怅孙吴事[③],归来独闭门!

① 蓟:即蓟城,在今北京西南。

② 翻:反覆,指反叛。

③ 孙吴事:指用兵之事。孙指春秋时的孙武,吴指战国时的吴起,都以善用兵著称,皆著有兵法,因并称孙吴。

本诗作于天宝十一载(752)春送兵归时。诗题敦煌诗集残卷、《文苑英华》即作“送兵还作”。诗中表现了作者对边防的极大关切,并慨叹自己怀有安边之策却无由施展:“岂无安边书,诸将已承恩。”“承恩”诸将当指安禄山及其部将。唐玄宗对安禄山一味宠信,早在天宝三载(744)就让他当范阳(治所在蓟城)节度使,十载(751)又让他身兼范阳、平卢、河东三镇节度使。安禄山妄启边衅,以邀功市宠,结果损兵折将,一败涂地,岂能安边?然而他已受到皇帝的宠信(“已承恩”),诗人又能何为?

“岂无”二句是全诗的警句,昔人皆谓“已承恩”三字下得好,有回味余地。如钟惺说:“‘已承恩’三字,偷惰、欺蔽二意俱在其中,可为边事之戒。”(《唐诗归》卷一二)沈德潜也说:“乃不云天子僭赏,而云主将承恩,令人言外思之,可悟立言之体。”(《唐诗别裁》卷一)

答侯少府

常日好读书,晚年学垂纶[①]。漆园多乔木[②],睢水清粼粼[③]。诏书下柴门,天命敢逡巡[4]？赫赫三伏时[5]，十日到咸秦[6]。褐衣不得见[7]，黄绶翻在身[8]。吏道顿羁束[9]，生涯难重陈。北使经大寒[10]，关山饶苦辛。边兵若刍狗[11]，战骨成埃尘。行矣勿复言，归欤伤我神。如何燕赵陲[12]，忽遇平生亲？开馆纳征骑，弹弦娱远宾。飘飖天地间，一别方兹晨[13]。东道有佳作[14]，南朝无此人。性灵出万象[15]，风骨超常伦[16]。吾党谢王粲[17]，群贤推郄诜[18]。明时取秀才[19]，落日过蒲津[20]。节苦名已富[21]，禄微家转贫。相逢愧薄游[22]，抚己荷陶钧[23]。心事正堪尽，离忧宁太频[24]！两河归路遥[25]，二月芳草新。柳接滹沱暗[26]，莺连渤海春。谁谓行路难，猥当希代珍[27]。提握每终日[28]，相思犹比邻。江海有扁舟，丘园有角巾[29]。君意定何适？我怀知所遵。浮沉各异宜[30]，老大贵全真[31]。莫作云霄计[32]，栖遑随搢绅[33]。

① 垂纶：垂钓。纶，丝制的钓鱼线。

② 漆园：地名。庄子尝为蒙漆园吏。《河南通志》卷五一谓漆园在今河南商丘南。

③ 睢水：古代鸿沟支派之一，故道自今河南开封东从鸿沟分出，东流经唐宋州治所宋城县（今商丘南）南。粼粼（lín）：形容水清澈。

④ 天命：皇帝之命。逡（qūn）巡：迟疑徘徊。

⑤ 赫赫：炎热的样子。

⑥ 咸秦：秦都咸阳，此借指唐都长安。

⑦ 褐衣：平民穿的粗布衣。不得见：谓不得见天子。

⑧ 黄绶：黄色的系印丝带。指县尉之职，汉代县尉用铜印黄绶。翻：反而。

⑨ 吏道：为吏之道。

⑩ 北使：指以封丘尉北使清夷军送兵。

⑪ 刍狗：古时扎草为狗，供祭祀之用，祭后则弃去。后用以比喻轻贱无用之物。

⑫ 燕赵陲：燕赵交界地区。燕赵皆战国时国名，燕在今河北北部和辽宁西部，赵在今河北西部、山西北部中部一带。

⑬ “一别”句：言此晨恰又离别。

⑭ 东道：东道主，指侯少府。

⑮ 性灵：性情。万象：万物。

⑯ 风骨：品格，骨气。常伦：常辈，常人。

⑰ 吾党：我辈。谢：逊让，不如。王粲：字仲宣，博学多识，为建安七子之一。时蔡邕才学显著，贵重朝廷，尝语人曰："（粲）有异才，吾不如也。"事见《三国志·魏志·王粲传》。此处以王粲喻指侯少府。

⑱ 郄（xì）诜：字广基，博学多才，晋泰始中，应贤良举，对策上第。累迁雍州刺史。武帝于东堂会送，问诜曰："卿自以为何如？"诜对曰："臣举贤良对策，为天下第一，犹桂林之一枝，昆山之片玉。"事见《晋书·郄诜传》。此以郄诜喻侯少府。

⑲ 秀才：此指进士。《唐国史补》卷下："进士为时所尚久矣……通称谓之秀才。"

⑳ 蒲津：古黄河津渡名，在今山西永济西。此指侯少府登第授官后渡过蒲津至燕赵一带上任。

㉑ 节苦：谓苦守节操。富：盛。

㉒ 薄游：指自己微末的游宦。

㉓ 抚：抚慰。荷：承受恩惠。陶钧：制陶器的转轮。喻明君

之治。

㉔ 宁(nìng)太频：竟然太急。谓转眼离别又至。

㉕ 两河：河南河北。作者自清夷军归封丘(属河南道)，当历唐河北河南两道。

㉖ 滹沱：河名，源出山西繁峙县东，入河北省，在献县与滏阳河汇合为子牙河。

㉗ 猥：谦辞，辱。当：承受。希代珍：稀世珍宝，喻指侯的赠诗。

㉘ 提握：指执持侯的赠诗。

㉙ 丘园：丘墟，园圃。指隐居的地方。角巾：有棱角的头巾，古代隐士所服。

㉚ 浮沉：指出仕和退隐。

㉛ 全真：保全真性。

㉜ 云霄计：飞黄腾达的打算。

㉝ 栖遑：奔忙不定。搢绅：插笏于大带间，指仕宦者。

本诗作于天宝十一载(752)二月自蓟北还封丘途中。诗中先自述生平经历，从隐居梁宋，应征中第，授封丘尉职，写到北使送兵和所见安禄山辖境内的实况；接着写南归途中与侯少府（其名不详）相遇，感其殷勤接待，并赞其性情与文才；最后叙留别之意和商量今后归宿。

史载天宝十载秋，身兼范阳、平卢、河东三镇节度使的安禄山，"诬其（指契丹）酋长欲叛"，请求出击。他发兵六万，出塞千余里，结果大败，士卒伤亡殆尽，自己独与麾下二十余骑逃归。诗人于同年冬到蓟北送兵时，获知了这次战争的内幕，诗中"北使"六句，就是指这次战争说的。对安禄山之视边兵若刍狗，随意将他们驱赶到战场上去送死以邀取荣宠，诗人感到无限哀痛。高适的边塞诗往往敢于揭露真相，有很强的现实性，由本诗即可看出这一点。

送李少府贬峡中王少府贬长沙[①]

嗟君此别意何如？驻马衔杯问谪居[②]。巫峡啼猿数行泪[③]，衡阳归雁几封书[④]？青枫江上秋天远[⑤]，白帝城边古木疏[⑥]。圣代即今多雨露[⑦]，暂时分手莫踌躇[⑧]。

① 峡：长江三峡。长沙：唐潭州，天宝元年改为长沙郡，治所在长沙县(今湖南长沙)。

② 衔杯：饮酒。指饯行。

③ 巫峡啼猿：《水经注·江水》谓巫峡(长江三峡之一)“每至晴初霜旦，林寒涧肃，常有高猿长啸，属引凄异……故渔者歌曰：‘巴东三峡巫峡长，猿鸣三声泪沾裳。’”

④ 衡阳归雁：唐衡州衡阳县(今湖南衡阳)南有回雁峰，为衡山七十二峰之一，相传北雁南飞，至此不过，遇春而回。几封书：古有系书雁足以传音信的说法，参见《汉书·苏武传》。

⑤ 青枫江：指浏水(今湖南浏阳河的一段，在浏阳县南)。《大清一统志》卷二七六：“枫浦在浏阳县南三十里浏水中，一名青枫浦。”

⑥ 白帝城：在今重庆奉节东白帝山上，临瞿塘峡(长江三峡之一)。

⑦ 雨露：喻恩泽。

⑧ 踌躇：犹豫，驻足不前。

李、王二友贬至峡中和长沙为县尉，诗人因作此诗送之。其写作时、地不明，姑系于此。首二句点题——送二友贬谪，中四句就二人谪地分说，景中含情，错落有致，末二句以宽慰之语作结。此诗与王维《送杨少府贬郴州》颇相类，王诗云："明到衡山与洞庭，若为秋月听猿声？愁看北渚三湘近，恶说南风五两轻。青草瘴时过夏口，白头浪里出湓城。长沙不久留才子，贾谊何须吊屈平！"两诗皆送友人迁谪南方，皆用七律形式，皆情致深挚，善能体察谪居者之愁苦，予以慰藉，而且皆多用地名。纪昀谓高诗"平列四地名，究为碍格"（《瀛奎律髓汇评》卷四三），方东树则说王诗"重复七地名不忌"（《昭昧詹言》卷一六），虽然两诗地名都用得多了些，但却颇切贬地之事，似不足为病。

送李侍御赴安西[①]

行子对飞蓬，金鞭指铁骢[②]。功名万里外，

心事一杯中。虏障燕支北[③]，秦城太白东[④]。

离魂莫惆怅，看取宝刀雄[5]！

① 侍御：唐代殿中侍御史、监察御史的别称。安西：唐置安西节度使，治所在龟兹（今新疆库车）。

② 铁骢：毛色青黑相杂的马。此处隐指御史之马。后汉桓典为御史，执法无所畏避，常乘骢马，京师为之语曰："行行且止，避骢马御史。"事见《后汉书·桓荣传》。

③ 虏障：即遮虏障，古边塞名，西汉路博德筑于居延泽（在今内蒙古额济纳旗北境）上，以遮断匈奴由此入侵河西之路。此借指西北边塞。燕支：山名，在甘肃山丹县东南。

④ 秦城：指长安。太白：山名，在陕西眉县南。

⑤ 取：语助词，犹"着"。

本诗为在长安送友人出塞，约作于天宝十一载（752）秋。全诗写得雄迈而又深沉。如"功名"二句，上句说到万里之外去求取功名，其中含有求取不易的感慨和建功边塞的豪情；下句说种种心事都倾注在送别的一杯酒中，写出了饯行时的百感交集。胡震亨《唐音癸签》卷一一说："太白'人分千里外，兴在一杯中'，达夫'功名万里外，心事一杯中'，似皆从庾抱之'悲生万里外，恨起一杯中'来，而达夫较厚，太白较逸，并未易轩轾。""厚"盖谓内容丰富、深沉蕴藉，其说甚是。还有最后"离魂"二句，也觉写来气魄豪壮。

送浑将军出塞[①]

将军族贵兵且强，汉家已是浑邪王[②]。子孙相承在朝野，至今部曲燕支下[③]。控弦尽用阴山儿[④]，登阵常骑大宛马[⑤]。银鞍玉勒绣蝥弧[⑥]，每逐嫖姚破骨都[⑦]。李广从来先将士[⑧]，卫青未肯学孙吴[⑨]。传有沙场千万骑，昨日边庭羽书至[⑩]。城头画角三四声，匣里宝刀昼夜鸣[⑪]。意气能甘万里去，辛勤动作一年行[⑫]。黄云白草无前后[⑬]，朝建旌旗夕刁斗[⑭]。塞下应多侠少年，关西不见春杨柳[⑮]。从军借问所从谁？击剑酣歌当此时。远别无轻绕朝策[16]，平戎早寄仲宣诗[17]。

① 浑将军：浑释之，回纥浑部（回纥诸部落之一）首领，世袭皋兰州都督。《新唐书·回鹘传下》："释之鸷勇不凡，从哥舒翰拔石堡城，迁右武卫大将军，封汝南郡公。"按，据《通鉴》载，陇右节度使哥舒翰拔吐蕃石堡城，在天宝八载（749）六月。

② 浑邪王：《汉书·霍去病传》载，汉武帝元狩三年，匈奴单于怒浑邪王数为汉所破，欲召诛之，浑邪王于是降汉，被封为漯阴侯。《新唐书·宰相世系表》："浑氏出自匈奴浑邪王。"

③ "至今"句：《新唐书·回鹘传上》："武后时，突厥默啜方彊，取铁勒（回纥诸部的总称）故地，故回纥与契苾、思结、浑三部度碛，徙甘（州名，今甘肃张掖）、凉（州名，今甘肃武威）间，然唐常取其壮骑佐赤水军（河西节度所统八军之一，在凉州城内）云。"燕支山正在甘、凉间。部曲，指部属。

④ 控弦：引弓，代指战士。阴山：在今内蒙古境内。

⑤ 大宛：汉西域国名，在今乌兹别克斯坦境内，产名马，号"汗

血马”。

⑥ 玉勒：以玉为饰的马络头。蝥弧：旗名。此指军旗。

⑦ 逐：追随。嫖姚：西汉名将霍去病，曾任嫖姚校尉，参见《蓟门五首》其一注⑤。骨都：汉时匈奴异姓大臣有左右骨都侯。

⑧ “李广”句：谓汉代名将李广作战总是身先士卒。《史记·李将军列传》：“匈奴左贤王将四万骑围广……广为圜（圆）陈（阵）外向，胡急击之，矢下如雨，汉兵死者过半。汉矢且尽，广乃今士持满（拉满弓），毋发，而广身自以大黄（弩弓名）射其裨将，杀数人，胡虏益解。会日暮，吏士皆无人色，而广意气自若，益治军，军中自是服其勇也。”

⑨ “卫青”句：《史记·卫将军骠骑列传》：“天子尝欲教之孙吴兵法，（霍去病）对曰：‘顾方略何如耳，不至学古兵法。’”不学孙吴兵法乃霍去病事，盖因卫霍合传而致误记耳。孙吴，孙武、吴起，春秋战国时著名军事家，均著有兵法。

⑩ 羽书：指紧急军事文书。

⑪ “匣里”句：相传帝颛顼高阳氏有曳影之剑，“未用之时，常于匣里如龙虎之吟”。见王嘉《拾遗记》卷一。此表示求战心切、跃跃欲试的豪情。

⑫ 动：辄，每。

⑬ 白草：西域所产牧草，干熟时呈白色。无前后：言到处皆是，分不出前后。

⑭ 刁斗：见《燕歌行》注⑱。

⑮ 关西：指玉门关以西。唐代玉门关在今甘肃安西附近。

⑯ 绕朝策：《左传》文公十三年载：晋人担忧秦国任用士会，设计将他赚回。士会临行时，秦大夫"绕朝赠之以策（马鞭），曰：'子无谓秦无人，吾谋适不用也。'"此借指送别之情。

⑰ 仲宣：三国魏诗人王粲之字。王粲有《从军行五首》，其一云："从军有苦乐，但问所从谁？所从神且武，焉得久劳师？……一举灭獯虏，再举服羌夷。西收边地贼，忽若俯拾遗。"

本诗送右武卫大将军浑释之出塞，或即天宝十一载（752）在长安所作。

这首送别诗与一般送别诗不同，它侧重于写人，而且所写是一少数民族贵族将领。诗的开头即点出这一点，被王士禛誉为"工于发端"（《渔洋诗话》卷上）。接下诗歌从多方面来表现将军的勇武善战，然后写敌寇来犯时，将军勇于迎战、不辞辛劳的豪迈气概。诗歌在对将军的赞颂中，也流露了作者自己对从军边塞的期待与向往。

此为七言古诗而时用偶句，颇能驱遣自如，做到流畅自然。

送　别

昨夜离心正郁陶①，三更白露西风高。萤飞木落何淅沥②，此时梦见西归客。曙钟寥亮三四声③，东邻嘶马使人惊。揽衣出户一相送④，唯见归云纵复横。

① 郁陶：忧思积聚貌。

② 淅沥：形容落叶声。

③ 寥亮：同“嘹亮”。

④ 揽：持。

这首送别诗的写作时、地都难以确考，姑系于天宝十一载（752）。全诗依时间顺序抒写不忍分别之情。先说昨夜离别之忧思满怀，次以景物烘托离思，并点出三更天作者仍未眠；接下写作者刚刚睡着，即见归客入梦，可谓梦中离思亦不绝；最后写作者被曙钟声、马嘶声惊醒后，惟恐迟误，急匆匆出门送别，只见到清晨的归云纵横。此时无限惆怅之情，尽在不言之中。李白《送孟浩然之广陵》："孤帆远影碧空尽，唯见长江天际流。"与此同一意境。全诗极好地刻画出惶惶不安的惜别心境，表达了作者对友人的深厚情谊。

此诗仅八句而多次换韵（一、二句一韵，三、四句一韵，五至八句一韵），别具一格。

登 陇[①]

陇头远行客，陇上分流水[②]。流水无尽期，
行人未云已[③]。浅才登一命[④]，孤剑通万里。
岂不思故乡？从来感知己[⑤]。

① 陇：陇山，又称陇坂，在今陕西陇县至甘肃平凉一带。

② “陇上”句：《乐府诗集》卷二一引《三秦记》：“其坂（陇坂）九回，上者七日乃越，上有清水四注下，所谓陇头水也。”

③ 未云已：未止，不断。

④ 浅才：诗人自谦之辞。一命：指低微的官职。周代官秩有一至九命。

⑤ 知己：指河西、陇右节度使哥舒翰。

天宝十二载（753），高适为哥舒翰辟为左骁卫兵曹参军，河西、陇右节度使幕府掌书记，此诗即本年作者赴河西任职度陇时所作。陇山为陕甘要隘，赴唐西北边塞必经之地，古时征戍者过此，往往触发羁旅之愁、乡关之思，如乐府《陇头歌辞》云：“陇头流水，流离山下。念吾一身，飘然旷野。”卢照邻《陇头水》云：“陇坂高无极，征人一望乡。关河别去水，沙塞断归肠。”而高适度陇时，情绪则甚为昂扬和振奋，立功边塞的雄心、报答知己的情志，是这时高适精神的主导，所以此诗也就写得颇豪迈有力。

金城北楼[①]

北楼西望满晴空，积水连山胜画中。湍上急流声若箭[②]，城头残月势如弓。垂竿已谢磻溪老[③]，体道犹思塞上翁[④]。为问边庭更何事？至今羌笛怨无穷[⑤]。

① 金城：唐兰州，天宝元年改为金城郡，治所在金城县（今甘肃兰州市）。

② 湍：急流的水。吴均《与宋元思书》："急湍甚箭，猛浪若奔。"

③ 垂竿：垂钓。谢：辞。磻溪老：即吕尚。磻溪为渭河支流，在今陕西宝鸡市东南。相传姜太公吕尚垂钓于磻溪，钓得玉璜，并在此遇周文王。事见《宋书·符瑞志上》、《水经注·渭水》。此借以泛指隐者。

④ 体道：指体悟祸福转化的规律。塞上翁：用《淮南子·人间训》"塞翁失马，安知非福"典："近塞上之人有善术者，马无故亡而入胡，人皆吊之。其父曰：'此何遽不为福

乎？'居数月，其马将胡骏马而归，人皆贺之。其父曰：'此何遽不能为祸乎？'家富良马，其子好骑，堕而折其髀，人皆吊之。其父曰：'此何遽不为福乎？'居一年，胡人大入塞，丁壮者引弦而战，近塞之人，死者十九，此独以跛之故，父子相保。"《老子》："祸兮福之所倚，福兮祸之所伏。"

⑤ 羌笛：管乐器名，原出古羌族，故名。

此诗为天宝十二载（753）赴河西途经金城时所作。诗的前四句写登上金城郡郡城北门城楼所见到的美景，其中第二联从听觉、视觉两方面着笔，以箭、弓作比喻，把边城的战争生活气息融进自然景色的描绘之中。后四句抒写情怀，其中第三联说由辞官隐居到应辟入幕，希望能像"塞上翁"那样领悟到祸福相因的深奥道理；末联说试问边庭近况如何，只闻羌笛之声至今仍有无穷的哀怨，言外之意是说边境未靖，征人戍卒犹愁怨不已，这与第二联的描绘正相呼应，其中隐含着诗人对立功边塞、转祸为福的期待。

武威作二首[①]（选一）

朝登百尺烽，遥望燕支道[②]。汉垒青冥间[③]，胡天白如扫。忆昔霍将军，连年此征讨[④]。匈奴终不灭，塞下徒草草[⑤]。唯见鸿雁飞，令人伤怀抱！

① 武威：唐凉州，天宝元年改为武威郡，治所在今甘肃武威。唐河西节度使治所亦设在武威。

② 燕支：山名，在甘肃山丹县东南。

③ 青冥：青天。

④ “忆昔”二句：霍将军，西汉骠骑将军霍去病。《史记 · 卫将军骠骑列传》载，汉武帝元狩二年，霍去病出陇西击匈奴，“过焉（燕）支山千有余里”，获首虏八千余级；去病先后“凡六出击匈奴……斩捕虏首十一万余级，及浑邪王以众降数万，遂开河西酒泉之地”。张守节《正义》：“谓凉、肃等州。《汉书 · 西域传》云：骠骑将军击破匈奴右地，置酒泉郡，后分置武威、张掖、敦煌等郡。”

⑤ 草草：骚动不安。

此诗作于天宝十二至十四载在武威哥舒翰幕府任职期间。诗凡二首，皆为怀古伤今之作，此处所选为其中的第一首。诗先写在武威登上烽火台向西遥望燕支道，见汉时的旧垒仍高高地矗立着，胡地的天空一片白色，明净如扫过一般。这两句诗写景真切，未曾亲历过边地者不能道出。接下由所见汉垒而想到连年在此征讨匈奴的名将霍去病，虽然他战功卓著，终不能灭了匈奴，可见光凭征讨是难以根除边患的。在这里，诗人既借汉代之事悲叹吐蕃的侵扰不已，也由此而虑及更深一层的安边政策问题，所以诗歌的蕴含是丰富的。

入昌松东界山行[①]

鸟道几登顿[②]，马蹄无暂闲。崎岖出长坂，合沓犹前山[③]。石激水流处，天寒松色间。王程应未尽[④]，且莫顾刀镮[⑤]。

① 昌松：唐县名，属武威郡，故治在今甘肃古浪县西。

② 登顿：上下。

③ 合沓：重叠。

④ 王程：为官家服务的征程。

⑤ 顾刀镮：谓思归。镮，谐音“还”。《汉书·李陵传》：“昭帝立……遣陵故人陇西任立政等三人俱至匈奴招陵……立政等见陵，未得私语，即目视陵，而数数自循（抚摩）其刀环，握其足，阴谕之，言可还归汉也。”

此诗作于在武威哥舒翰幕府任职期间。当时作者行役在外，诗主要描写山行之景及感受。“崎岖”二句说，好容易爬上漫长而崎岖的山坡，哪知山后还有一重山，写山行景象，真切而具体。“石激”二句所刻画的境界，同王维的写景名句“泉声咽危石，日色冷青松”（《过香积寺》）很接近。“石激水流处”，虽从视觉方面着笔，却能使人想见其音响，只是不像“泉声”句那样明写声音而已；“天寒”句与“日色”句写苍翠的松林引起寒冷之感，都展现了山林的幽深、僻静画面。赵殿成《王右丞集笺注》卷七说:"'泉声'二句,深山恒境,每每如此。下一'咽'字,则幽静之状恍然;著一'冷'字,则深僻之景若见,昔人所谓诗眼是矣。"从诗眼的提炼上看,高诗诚不如王诗;不过在经过精心锤炼而又返于自然平淡方面,高诗较之王诗,却有过之而无不及。

塞 下 曲[①]

结束浮云骏[②],翩翩出从戎[③]。且凭天子怒,复倚将军雄。万鼓雷殷地[④],千旗火生风[⑤]。日轮驻霜戈[⑥],月魄悬雕弓[⑦]。青海阵云匝[⑧],黑山兵气冲[⑨]。战酣太白高[⑩],战罢旄头空[⑪]。万里不惜死,一朝得成功。画图麒麟阁[⑫],入朝明光宫[⑬]。大笑向文士,一经何足穷[⑭]! 古人昧此道[⑮],往往成老翁。

① 塞下曲:乐府杂题名,属新乐府辞。

② 结束:装束。浮云:良马名,见《西京杂记》卷二。

③ 翩翩：轻捷貌。

④ 殷：震动。

⑤ 火：指旗红如火。

⑥"日轮"句：用鲁阳挥戈典。《淮南子·览冥训》："鲁阳公与韩构难，战酣，日暮，援戈而抟（挥）之，日为之反三舍。"此借以咏挥戈奋战。日轮，太阳。

⑦ 月魄：指月亮。悬雕弓：谓残月高悬如弓。雕弓，用彩画装饰的弓。

⑧ 青海：湖名，在今青海省东北部。阵云：犹言战云。匝：环绕。

⑨ 黑山：即杀虎山，在今内蒙古呼和浩特市东南。

⑩"战酣"句：言太白星高悬，大战正激烈进行。太白，即金星，相传其主杀伐。《史记·天官书》："（太白）出高，用兵深吉，浅凶。"

⑪ 旄头空：指胡兵溃败。旄头，星名，又作"髦头"，即昴星。《史记·天官书》："昴曰髦头，胡星也。"

⑫ 麒麟阁：汉阁名，在长安未央宫中。汉宣帝时，曾画功臣霍光等十一人之像于阁上，以示表彰。

⑬ 明光宫：汉宫名。

⑭ 一经：一部儒经。汉代以经学取士，“故邹鲁谚曰：遗子黄金满籯，不如一经。”（《汉书·韦贤传》）汉时儒生多有白首而穷（尽）一经者。

⑮ 昧：不明。

此诗作于在武威哥舒翰幕府任职期间。这时的诗人，颇想跟从有军事才干的主帅哥舒翰立功边疆，因此心境与过去迥然不同。过去的作品，常把穷书生（实作者自谓）与豪贵作对比，以抒发自己失志的不平，而此诗却反过来嘲笑文士，说他们苦读无用，不如从军之可立功封侯。

在这首诗中，诗人刻画了投笔从戎者的矫健身姿，描绘了他们挥戈出征的壮观场面，以及热烈向往边功的慷慨豪情。全诗笔调奔腾欢快，精神昂扬亢奋，其内容、情调，在诗人这次入幕期间写的诗歌中，颇具有代表性。

四、十年显官(756—765)

天宝十四载(755)十一月,安史之乱爆发。十二月,玄宗强令已病废在家的哥舒翰出任兵马副元帅,率兵八万守潼关。这时高适也被任命为左拾遗,转监察御史,辅佐哥舒翰守潼关。十五载(756)六月,哥舒翰在玄宗的不断催促下,不得已引兵出关,与叛军会战于灵宝西原,结果官军大败,同月九日潼关沦陷。这时高适奔往长安,向玄宗献策,请求竭尽内库所藏财物,召募敢死之士抗敌,玄宗不听。十三日,玄宗秘密西逃,二十四日,抵达河池郡(今陕西凤县东)。这时高适抄近路赶了上来,他晋谒玄宗,陈述潼关失守的原因:哥舒翰重病在身,丧失指挥能力;监军诸将只顾寻欢作乐,不恤军务;兵士盛夏御敌,连粗米饭都吃不饱。玄宗提拔高适为侍御史。七月,肃宗即位于灵武,改元至德;玄宗命诸王分镇天下,高适切谏以为不可,玄宗不听。八月,玄宗已至成都,擢高适为谏议大夫,他尽心谏职,"负气敢言,权近侧目"(《新唐书·高适传》)。十一月,镇守江陵(今属湖北)的永王李璘谋反,肃宗召高适共商对策,高适分析江东形势,断言李璘必败。十二月,肃宗以高适为淮南节度使、扬州大都督府长史,命他与江东节度使韦陟、淮南西道节度使来瑱共讨李璘。也就在这一月,高适与韦陟、来瑱会于安陆(今属湖北),结盟誓众以伐李璘,"陟等辞旨慷慨,血泪俱下,三军感激,莫不陨泣"(《旧唐书·韦陟传》)。接着,高适又采取了有效的瓦解敌军的办法:"与(李璘)将校书,使绝永王,各求自白。"(《旧唐书·高适传》)结果还没等到高适等率所部攻打,李璘的部队就于至德二载(757)二月土崩瓦解,李璘本人也在逃跑的路上被杀。

李璘败死后,高适仍镇守淮南,并受命参与讨伐安史叛军。当时张巡、许远被二十倍于己的叛军围困于战略重镇睢阳(今河南商丘南),在兵乏粮绝的情况下坚守了十个月,这期间高适曾给河南节度使贺兰进明和河南都知兵马使许叔冀写信,敦促他们以国事为重,赶快救援睢阳,然无结果。后高适又在这年十月,参加由张镐指挥的救睢阳之战,但是晚了一步,张镐的援兵赶到时,睢阳城已陷落三日。乾元元年(758)五月,宠臣、内侍"李辅国恶适敢言,短于上前,乃左授太子少詹事",留司洛阳。高适在这个无事可干的闲职上约消磨了十个月的时光。二年(759)三月,遇九节度使兵溃邺城,他随洛阳的官吏、百姓南奔襄、邓;五月,入京朝见天子,被任命为彭州刺史。上元二年(761)夏秋间,转蜀州刺史(代王缙,参见拙作《王维集校注·附录·王维年谱》)。代宗广德元年(763)二月,迁剑南节度使兼成都尹;十二月,吐蕃攻陷剑南松、维、保三州,年迈的高适不能救。二年(764)正月,代宗召高适还京,任刑部侍郎,转散骑常侍。永泰元年(765)正月,卒。高适在蜀中任藩牧时,"政存宽简,吏民便之"(《旧唐书·高适传》);曾率兵协助平定梓州刺史段子璋、成都少尹徐知道的叛乱，又曾练兵备战，抗击吐蕃的侵扰。

在潼关失守后的半年内，高适即从正八品下的监察御史升至从三品的大都督府长史，真可谓“一飞冲天”。这以后虽有升沉，但都在三、四品间徘徊，始终没有离开显官的地位，故《旧唐书》本传称：“有唐以来，诗人之达者，唯适而已。”高适之所以能成为“诗人之达者”，也不是偶然的。他生长于中原地区，出身于官僚家庭，在对仕途官场的了解和从政的经验上，有家世的遗泽可以继承；高适的祖父虽是达官，但到了高适的青年时代家道已衰落，《旧唐书》本传就说他“家贫”，“以求丐取给”，“家贫”促使高适更强烈地向往功名，把精力都用在谋求出仕上（《旧唐书》本传谓适“不事生业”），为了出仕能取得成功，他孜孜攻读，扎扎实实地钻研平治天下的方略（应制举也需要如此），故《旧唐书》本传称他“喜言王霸大略”；也许正因为这样，高适在政治上颇具有远见卓识，这突出地表现在谏阻玄宗令诸王分镇天下和断言李璘必败上。古人早已看到这一点，胡震亨《唐音癸签》卷二五说：“高适，诗人之达者也，其人故不同。

(杜)甫善房琯,适议独与琯左;(李)白误受永王璘辟,适独察璘反萌,豫为备。二子穷而适达,又何疑也?”

高适晚年,“逢时多难,以安危为己任”(《旧唐书》本传),积极效忠李唐王朝,为维护国家的统一和社会的安定做出了贡献。也许是由于军政事务繁忙,高适这个时期的诗作甚少。今存可确断为这个时期写的诗歌,只有十首左右。这种情况或许说明,仕宦的显达、从政的成功与创作的丰收,真如鱼与熊掌,“不可得兼”。当然,这个时期的诗歌虽少,却并非没有佳篇,如《酬裴员外以诗代书》、《人日寄杜二拾遗》等,不仅是高适晚年诗中的力作,较之他此前的佳制,也并不逊色。

酬河南节度使贺兰大夫见赠之作[①]

高阁凭栏槛,中军倚旆旌[②]。感时常激切,于己即忘情[③]。河华屯妖气[④],伊瀍有战声[⑤]。愧无戡难策,多谢出师名[⑥]。秉钺知恩重[⑦],临戎觉命轻。股肱瞻列岳[⑧],唇齿赖长城[⑨]。隐隐摧锋势[10]，光光弄印荣[11]。鲁连真义士[12]，陆逊岂书生[13]！直道宁殊智[14]，先鞭忽抗行[15]。楚云随去马，淮月尚连营[16]。抚剑堪投分[17]，悲歌益不平。从来重然诺，况值欲横行[18]。

① 河南节度使：天宝十四载(755)十一月始置，以拒安史叛军，领陈留(汴州)、睢阳(宋州)等十三郡，治陈留郡。贺兰大夫：即贺兰进明。开元十六年进士及第，安史乱起，自信安太守徙北海太守。肃宗至德元载(756)十月，迁河南节度使，兼御史大夫；二载八月，以张镐为河南节度使，代进明。其时河南节度使所辖郡县多为安史叛军所据，故驻节于临淮(今江苏盱眙)。

② 中军：古时行军作战分左、右、中三军，由主将所处的中军发号施令。旆：旌旗。

③ 忘情：忘却一己之私情。

④ 河华：黄河、华山，指关中地区。妖气：喻指安史叛军。

⑤ 伊：伊水，源出河南卢氏东南，东北流经洛阳，至偃师入洛河。瀍(chán)：水名，源出洛阳西北谷城山，南流经洛阳

城东，入洛河。

⑥ 谢：犹“惭”。出师名：高适于至德元载十二月为淮南节度使，以讨永王李璘；至德二载二月，李璘败死，随后高适受命出师参与讨伐安史叛军，故云“出师名”。

⑦ 秉钺：掌握兵权，指为节度使。

⑧ 股肱：大腿和胳膊，喻指辅佐君主的大臣。列岳：四岳，四方诸侯之长。此指任节度使的贺兰进明。

⑨ 唇齿：比喻相依之势。淮南节度治广陵郡（今江苏扬州），与驻节临淮的河南节度形成唇齿相依关系。长城：喻捍卫国家的重臣。南朝刘宋将领檀道济屡立军功，威名甚重，朝廷恐其不可复制，收捕之，道济脱帻投地曰：“乃复坏汝万里之长城！”事见《宋书·檀道济传》。此亦指贺兰进明。

⑩ 隐隐：盛貌。摧锋：摧折敌军前锋。

⑪ 光光：明貌。弄印：《史记·张丞相列传》：“高祖持御史大夫印弄之，曰：‘谁可为御史大夫者？’熟视赵尧，曰：‘无以易尧。’遂拜赵尧为御史大夫。”后遂以“弄印”称美御史大夫。此指贺兰进明为御史大夫。

⑫ 鲁连：鲁仲连，战国齐人，有奇谋，重义轻利。尝游赵，遇秦军围赵，他以辩词使秦军退却，且不受赵赏而去；后又

以箭书助齐田单收复聊城，辞不受爵，逃隐于海上。事见《战国策·赵策三》、《史记·鲁仲连列传》。此喻指贺兰进明。

⑬ 陆逊：字伯言，吴郡吴县（今江苏苏州）人，少有谋略，曾定计克荆州。吴黄武元年（222），刘备率大军攻吴，孙权命逊为大都督，领诸将拒之。“诸将军或是孙策时旧将，或公室贵戚，各自矜恃，不相听从，逊按剑曰：‘……仆虽书生，受命主上……军令有常，不可犯矣！’及至破备，计多出逊，诸将乃服”（《三国志·吴志·陆逊传》）。此亦喻指贺兰进明。

⑭ 直道：正直之道。《论语·卫灵公》：“斯民也，三代之所以直道而行也。”宁：竟，乃。

⑮ 先鞭：占先一著。《世说新语·赏誉》刘注引《晋阳秋》：“刘琨与亲旧书曰：‘吾枕戈待旦，志枭逆虏，常恐祖生（逖）先吾著鞭耳。’”抗行：坚持高尚的行为。

⑯ “楚云”二句：河南节度驻节的临淮古属楚地，濒临淮河，故云。

⑰ 抚剑：按剑。投分：志向相合，定交。

⑱ 横行：纵横驰骋，指征战。

此诗当作于至德元载(756)十二月高适为淮南节度使之后,至德二载八月贺兰进明罢河南节度使之前,当时安史之乱爆发已有一年多时间,东京洛阳、西京长安皆陷落,作者居于淮南节度使治所扬州。

这是一首酬答诗,贺兰进明赠高适之作已佚。作者在诗中抒发了对时局的关切之情,表达了戡乱报国的强烈愿望,称美了贺兰进明的声望、地位和才干,鼓励他与自己同心合力平定安史之乱,捍卫国家。史载贺兰进明在任河南节度使期间,曾"克高密、琅邪,杀贼二万余人"(见《通鉴》至德二载七月),但也犯有拥兵坐视张巡、许远受困睢阳(隶属河南节度使)不加救援的过失,《旧唐书·高适传》说:"其与贺兰进明书,令疾救梁宋(即睢阳),以亲诸军。"本诗与这封信(今已不存)或许是互相配合的,当然作为诗歌,是着重从激励方面着笔的。

本诗虽是排律,却能在整饬中求奔放,有作者七古的沉雄气韵。

赴彭州山行之作[①]

峭壁连崆峒[②],攒峰叠翠微[③]。鸟声堪驻马,林色可忘机[④]。怪石时侵径,轻萝乍拂衣。路长愁作客,年老更思归。且悦岩峦胜,宁嗟意绪违[⑤]！山行应未尽,谁与玩芳菲[⑥]？

① 彭州：唐州名,治所在今四川彭县。

② 崆峒(dòng)：山洞。

③ 攒(cuán)峰：聚集的山峰。翠微：青葱的山色,亦指青山。

④ 忘机：忘却机巧,谓自甘恬淡,与世无争。

⑤ 宁嗟：岂叹。意绪违：指年老而仕宦于边远之地,不合自己的心意。

⑥ 芳菲：花草。

肃宗乾元二年(759)五月,高适出任彭州刺史,此诗即赴任途中所作。自长安至彭州多大山,此诗前六句即描画了山中景物,写出了山景的奇特秀丽和引人入胜，而且不论是禽鸟林木，还是怪石轻萝，写来都富有情趣。后六句则抒写山行感受，抒发了远行途中的淡怨轻愁："路长"二句直接揭出此"愁"乃年老远宦异乡之愁；"且悦"二句写以玩赏悦目的山中美景来排遣愁绪，是一种自我宽慰；"山行"二句说山景虽美不胜收，却无人共赏，流露出孤独之感，也表明愁绪终难以完全排遣。

酬裴员外以诗代书[1]

少时方浩荡[2]，遇物犹尘埃，脱略身外事[3]，交游天下才。单车入燕赵[4]，独立心悠哉[5]，宁知戎马间，忽展平生怀[6]？且欣清论高，岂顾夕阳颓[7]！题诗碣石馆[8]，纵酒燕王台[9]。北望沙漠陲，漫天雪皑皑。临边无策略，览古空徘徊！乐毅吾所怜，拔齐翻见猜[10]。荆卿吾所悲，适秦不复回[11]。然诺多死地[12]，公忠成祸胎[13]！与君从此辞，每恐流年催。如何俱老大，始复忘形骸[14]？兄弟真二陆[15]，声华连八裴[16]。

① 裴员外：裴霸，曾任吏部员外郎、金部员外郎；父卓，官至岐州刺史。参见《新唐书·宰相世系表一上》、《唐郎官石柱题名》。

② 浩荡：纵情任性不受拘束。

③ 脱略：轻慢。身外事：指世俗之事。

④ “单车”句：指开元十九年(731)秋作者从宋州出发北游燕赵事。

⑤ 悠哉：思虑悠长。

⑥ 展平生怀：表达平生的心意。指与裴相遇畅叙。

⑦ 颓：坠落。

⑧ 碣石馆：即碣石宫，故址在今北京城西南。相传邹衍至燕，燕昭王为筑碣石宫，亲往受教。

⑨ 燕王台：又称黄金台，故址在今河北易县东南。相传为燕昭王所筑，并置千金于其上，以延请天下贤士。

⑩ “乐毅”二句：燕昭王拜乐毅为上将军，领兵伐齐，攻下齐城七十余，皆置郡县以属燕。值昭王死，子惠王立，中齐人田

单反间计，疑毅将反，召归，毅畏诛，遂逃至赵国。不久，燕兵即为齐所败。事见《史记·乐毅列传》。翻见猜，反而被猜疑。

⑪“荆卿”二句：荆轲，战国卫人，至燕，燕人谓之荆卿（卿为敬称）。任燕太子丹门客，为丹入秦行刺秦王政，不中，遇害。事见《史记·刺客列传》。适，往。

⑫“然诺”句：谓任侠重然诺，多导致死亡。承荆轲事而言。

⑬“公忠”句：谓公正忠诚成为灾祸产生之根苗。承乐毅事而言。

⑭忘形骸：指朋友相交不拘形迹。

⑮二陆：西晋陆机、陆云，兄弟二人皆有文才，时号“二陆”。裴霸兄腾，官至户部郎中。李华《三贤论》：“河东裴腾士举，精朗迈直；弟霸士会，峻清不杂。”

⑯声华：名声荣誉。八裴：《世说新语·品藻》：“正始中人士比论……以八裴方八王。”魏晋时裴、王二族皆兴盛于世，“八裴”谓裴族中裴徽、裴楷等八人。此喻指裴霸父辈兄弟八人，《旧唐书·裴宽传》：“宽性友爱……兄弟八人，皆明经及第，入台省、典郡者五人。”宽为霸之叔父。

乙未将星变[17]，贼臣候天灾[18]。胡骑犯龙山[19]，乘舆经马嵬[20]。千官无倚着，万姓徒悲哀。诛吕鬼神动，安刘天地开[21]。奔波走风尘[22]，倏忽值云雷[23]。拥旄出淮甸[24]，入幕征楚材[25]，誓当剪鲸鲵[26]，永以竭驽骀[27]。小人胡不仁，谗我成死灰[28]！赖得日月明[29]，照耀无不该[30]。留司洛阳宫[31]，詹府唯蒿莱[32]。

⑰ 乙未：天宝十四载(755)。将星变：古时视为兵起之兆。《隋书·天文志上》："天将军十二星，在娄北，主武兵……大将星摇，兵起，大将出。"

⑱ 贼臣：指安禄山。候天灾：伺望天象的灾变而谋反。安禄山于天宝十四载十一月"发所部兵及同罗、奚、契丹、室韦凡十五万众，号二十万，反于范阳"(《通鉴》卷二一七)。

⑲ 龙山：即龙首山，在长安，长六十里，头高二十丈，尾渐下，高六七丈。唐天子所居的大明宫，即"据龙首山"。见《唐两京城坊考》卷一。

⑳ 乘舆：皇帝的车驾。马嵬：地名，在陕西兴平县西二十里。

天宝十五载(756)六月九日,潼关被安禄山军攻陷,十三日,唐玄宗仓皇西逃,十四日,至马嵬。

㉑“诛吕”二句:吕后崩,外戚上将军吕禄、相国吕产执掌汉权,欲危刘氏,太尉周勃与丞相陈平等谋,终诛诸吕,迎立代王刘恒(汉文帝)。事见《史记·吕后本纪》、《绛侯世家》。此处借指唐龙武大将军陈玄礼等诛外戚、丞相杨国忠一家事。史载玄宗至马嵬驿,从行将士饥疲,皆愤怒,陈玄礼认为国家的祸乱实由杨国忠造成,遂带领军士哗变,杀杨国忠及其子等,又逼玄宗赐杨贵妃自尽,然后整理队伍西行。

㉒“奔波”句:安史之乱爆发后,高适协助哥舒翰守潼关;潼关失守后,高适西奔,在河池郡(今陕西凤县东)赶上玄宗,随从入蜀。

㉓倏忽:指极短的时间。值云雷:谓正值有为之时。《易·屯》:“云雷屯,君子以经纶。”王注:“君子经纶之时。”孔疏:“经谓经纬,纶谓纲纶,言君子法此屯象,有为之时,以经纶天下,约束于物。”

㉔拥旌:持旌节,指任节度使。淮甸:指淮河流域之地。句指出任淮南节度使。按,高适随从玄宗至成都后,擢谏议

大夫；至德元载（756）十一月，永王李璘谋反，肃宗召高适，与之谋，十二月，以适为淮南节度使，使讨李璘。

㉕ 楚材：泛指杰出人才。

㉖ 鲸鲵：比喻不义之人。此指李璘。

㉗ 竭驽骀（tái）：尽庸才之力。驽骀皆劣马，以喻庸才。此为自谦之词。

㉘ “小人”二句：乾元元年（758）夏，“李辅国恶适敢言，短于上前，乃左授太子少詹事”（《旧唐书·高适传》）。胡，何。

㉙ 日月明：比喻天子圣明。

㉚ 该：备，遍。

㉛ 留司：在分设于洛阳的中央官署中任职。洛阳宫：即东京洛阳，太宗贞观六年（632），曾号洛阳宫。

㉜ 詹府：即太子詹事府，掌统领东宫三寺、十率府之政，其正长官称詹事，副长官称少詹事。唯蒿莱：只有杂草。

是时扫氛祲[33]，尚未歼渠魁[34]。背河列长围，师老将亦乖[35]。归军剧风火[36]，散卒争椎埋[37]。一夕瀍洛空[38]，生灵悲曝腮[39]。衣冠投草莽[40]，予欲驰江淮。登顿宛叶下[41]，栖遑襄邓限[42]。城池何萧条，邑屋更崩摧。纵横荆棘丛，但见瓦砾堆。行人无血色，战骨多青苔。遂除彭门守[43]，因得朝玉阶[44]。激昂仰鹓鹭[45]，献替欣盐梅[46]。驱传及远蕃[47]，忧思郁难排。罢人纷争讼[48]，赋税如山崖。

㉝ 氛祲：妖气，指安史之乱。

㉞ 渠魁：大头目。《书·胤征》："歼其渠魁。"此指安庆绪、史思明。

㉟ "背河"二句：乾元元年十月，郭子仪等九节度使围安庆绪（禄山子）于邺城，因诸军不置统帅，城久不下；二年三月，史思明引兵救邺，官军六十万列阵于安阳河北，史思明自将精兵五万敌之，"思明直前奋击，李光弼、王思礼、许叔冀、鲁炅先与之战，杀伤相半……大风忽起，吹沙拔木，天地昼晦，咫尺不相辨，两军大惊，官军溃而南，贼溃而北……东京士民惊骇，散奔山谷；留守崔圆、河南尹苏震等官吏南奔襄邓；诸节度各溃归本镇。士卒所过剽掠，吏不能止，旬日方定"（《通鉴》卷二二一）。老，士气衰落。乖，

不和。

㊱ 归军：指各溃归本镇的官军。剧风火：谓其势甚于风火。

㊲ 椎埋：盗墓。此泛指劫掠。

㊳ “一夕”句：谓洛阳地区一夜之间被洗劫一空。瀍洛，瀍水、洛水。

㊴ 曝腮：失水之鱼，喻处境困顿之极。

㊵ 衣冠：谓士绅。

㊶ 登顿：上下。宛：在今河南南阳。叶：在今河南叶县。

㊷ 襄：襄州，治所在今湖北襄樊。邓：邓州，治所在今河南邓县。隈：边隅。

㊸ 除：拜官。彭门守：指彭州刺史。彭门，山名，在彭州(今属四川)治所西北。

㊹ 朝玉阶：指朝见天子。

㊺ 鹓鹭：喻朝官班行。

㊻ 献替：“献可替否”的略语，谓进献可行者，除去不可行者，即诤言进谏之意。盐梅：喻指宰相。殷高宗命傅说为相，谓之曰：“若作和羹，尔惟盐梅。”(《书・说命下》)盐咸梅酸，为和羹所必需。

㊼ 传(zhuàn)：驿车。远蕃：指彭州。蕃，通“藩”。

⑱ 罴(pí)人：即罴民，避唐讳改民为人。《周礼·秋官·司圜》注："罴民，谓恶人不从化，为百姓所患苦，而未入五刑者也。"

所思在畿甸[49]，曾是鲁宓侪[50]。自从拜郎官，列宿焕天街[51]。那能访遐僻，还复寄琼瑰[52]。金玉本高价[53]，埙篪终易谐[54]。朗咏临清秋，凉风下庭槐。何意寇盗间，独称名义偕[55]！辛酸陈侯诔[56]，叹息季鹰杯[57]。白日屡分手，青春不再来。卧看中散论[58]，愁忆太常斋[59]。酬赠徒为尔，长歌还自咍[60]。

㊾ 所思：指裴员外。畿甸：泛指京城地区。

㊿ 鲁宓(fú)：指春秋鲁人宓不齐。字子贱，孔子的学生。相传其任单父宰(邑长)，身不下堂，鸣琴而治。侪：同类的人。句指裴曾任县令。

51 "列宿"句：谓众星闪亮于天空。古时以为"郎官上应列宿"(《后汉书·明帝纪》)，故云。唐时之郎官，指郎中及员外郎。

52 琼瑰：比喻裴寄赠的诗文。琼，美玉。瑰，似玉的美石。

53 金玉：喻裴员外。

54 埙(xūn)篪(chí)：皆乐器，埙用陶土烧制，篪以竹管制成。《诗·大雅·板》："天之牖民，如埙如篪。"毛传："言相和也。"句指裴与己情投意合，如埙篪之相谐和。

55 "独称"句：谓在兵乱时独以名誉与道义俱全见称。

56 "辛酸"句：《全唐诗》句下注："陈二补阙铭诔即裴所为。"陈二补阙，陈兼，天宝末为右补阙，杜甫有《赠陈二补阙》诗。李华《云母泉诗》序云："颍川陈公(陈兼)，天宝中，与华同为谏官……上元中，俱奉诏征，公自清江至武陵，道路多虞，制书不至。"陈兼之卒，当约在上元二年(761)。

57 季鹰杯：晋名士张翰字季鹰，《世说新语·任诞》："张季鹰纵任不拘，时人号为江东步兵(阮籍)。或谓之曰：'卿乃可纵适一时，独不为身后名邪？'答曰：'使我有身后名，不如即时一杯酒。'"这里慨叹不能像张翰那样寄情杯酒，任心自适。

58 中散论：嵇康《养生论》。嵇康拜中散大夫，故又称嵇中散。康"常修养性服食之事"，著有《养生论》，见《晋书·嵇康传》。

⑲ 太常斋：东汉周泽为太常卿（掌宗庙礼仪的官），清洁循行，尽敬宗庙，常卧病斋宫，时人对他有“一岁三百六十日，三百五十九日斋”的说法。事见《后汉书·儒林列传·周泽传》。这里是说不愿像周泽那样过枯燥寂寞的生活。

⑳ 咍（hāi）：嗤笑。

此诗自叙生平经历，止于为彭州刺史，又述及陈兼之卒（“辛酸陈侯诔”），当作于上元二年（761）作者仍在彭州为刺史时。

这是一首以诗代书的酬答诗，诗中回顾了与裴员外的交谊，同时叙及自己的生平，从“单车入燕赵”，一直写到任彭州刺史，可当作高适的一篇自传来读。其中特别详叙了安史之乱爆发后的经历：潼关失守后奔波逃难，终于追上玄宗入蜀的队伍；奉命镇淮南，平定永王李璘之乱；遭李辅国谗，贬为太子少詹事，留司洛阳；九节度使邺城兵溃后，随洛阳官吏平民仓皇南逃等。诗歌结合自身的遭遇，对安史之乱发生后社会的动荡不安和人民遭受的苦难，作了不少反映，称得上是“诗史”之作。

此诗叙事简明生动，抒怀慷慨跌宕，是高适晚年诗中的力作，也是他一生中写下的最长一首诗。

除夜作

旅馆寒灯独不眠，客心何事转凄然？故乡今夜思千里，霜鬓明朝又一年[①]。

① 霜鬓：白了的鬓发。

此诗写老年除夕羁旅思乡的心境，作年不详，姑编于此。除夕辞岁之夜，作客于千里之外的诗人，独对寒灯，思故乡亲人，念流年催老，难以成眠，这其中的孤寂凄凉情味，十分耐人寻绎。全诗写得感情真率，流利自然，末二句虽偶对，“亦流动不羁”（王夫之《姜斋诗话》卷下）。

人日寄杜二拾遗[①]

人日题诗寄草堂[②]，遥怜故人思故乡。柳条弄色不忍见，梅花满枝空断肠[③]。身在南蕃无所预[④]，心怀百忧复千虑。今年人日空相忆，明年人日知何处！一卧东山三十春[⑤]，岂知书剑老风尘[⑥]！龙钟还忝二千石[⑦]，愧尔东西南北人[⑧]。

① 人日：农历正月初七日。《荆楚岁时记》："正月七日为人日，以七种菜为羹，剪彩为人……登高赋诗。"杜二拾遗：杜甫。甫行二，肃宗至德二载(757)五月拜左拾遗；乾元二年(759)七月弃官西去，寻入蜀，寄居成都西郭外浣花溪寺。

② 草堂：杜甫于上元元年(760)春在浣花溪畔营建草堂居住，同年季春草堂落成。

③ "柳条"二句：推想初春景色将惹起杜甫的思乡之情。空，只。

④ 南蕃：指蜀中。蕃，通"藩"。无所预：谓已不能参预朝廷

政事。

⑤“一卧”句：杜甫自十四五岁“出游翰墨场”(杜甫《壮游》),至天宝十四载(755)四十四岁方得一官,历时约三十年。东山,见《使清夷军入居庸三首》其二注③。

⑥ 书剑：古代士人随身携带之物,兼指文才武略。老风尘：谓老于社会乱离、道路奔波之中。此句亦写杜。

⑦ 龙钟：衰老貌。忝：用为谦辞。二千石：汉郡太守的俸禄等级,后因称郡太守或州刺史为二千石。时高适官蜀州刺史。

⑧ 东西南北人：四处漂泊之人。《礼记·檀弓上》:“今丘(孔子自谓)也,东西南北之人也。”此指杜甫。

此诗作于宝应元年(762)正月七日,时高适官蜀州(治今四川崇州市)刺史。这首赠给杜甫的诗,表现了作者与杜甫至老益笃的友情,极真挚动人。杜甫是高适的老友,早在天宝三载(744)他们即相识订交。高适在蜀为官期间,两人的交往更加密切,杜甫晚年之得以在蜀中栖身,同高适以及严武等人的接济是分不开的。这诗的前四句,遥怜故人之流落蜀中而思乡,见柳色梅花而伤情，可谓体贴入微；中四句自抒人日身在蜀地的感慨，深沉感人；后四句为有才而沦落的杜甫鸣不平，并表达了有愧于故人之意，极为真诚。

高适卒后五年，杜甫偶检书帙，看到了这首诗，他“泪洒行间，读终篇末”，并作《追酬故高蜀州人日见寄》诗并序，称美高适的气节、才略，抒发失友之恸，由此亦可见杜、高之间友情的深厚。

岑　参

导　言

岑参比高适小十余岁，但成名早，天宝年间已是著名诗人。他与高适一样，也热衷于功名进取，是一个有理想、有抱负、积极用世的人。岑参在《送郭乂杂言》中说："功名须及早，岁月莫虚掷。"所以他二十岁时即"献书阙下"（《感旧赋》序），希冀凭借自己"尤工缀文"（杜确《岑嘉州诗集序》）的本领登上仕途；未能如愿后，又屡出入于京、洛，为出仕而奔波，历时约十年。天宝三载（744）诗人应进士试及第，后授右内率府兵曹参军（正九品下），这样的卑官令诗人感到抱负无从施展，岁月虚度，于是两次慷慨赴边，希求通过从戎入幕、为国安边而身登显位，实现抱负，正如其《银山碛西馆》诗所说："丈夫三十未富贵，安能终日守笔砚！"然而事与愿违，诗人两次出塞都未能让他身登显位。从西北边地归来后，遇上了安史之乱，这更促使他牢固树立建功立业的志向；此后十余年间，诗人宦游各地，但始终对此念念不忘，直到罢官后客寓成都时，还说："莫言圣主长不用，其那苍生应未休！……不知心事向谁论，江上蝉鸣空满耳。"（《客舍悲秋有怀两省旧游呈幕中诸公》）"功业悲后时，光阴叹虚掷。"（《西蜀旅舍春叹寄朝中故人呈狄评事》）在离辞世只有数月之时，诗人仍不忘济苍生、立功业！这种对建功立业的执着追求，应该说是应时而生的，是空前隆盛的盛唐时代赋予的。

在盛唐时代，岑参是写作边塞诗数量最多、成绩也最突出的一个诗人，虽然这类诗在其作品中所占的比重并不算太大（岑参今存的诗歌约四百首，其中边塞诗八十首）。岑参的边塞诗内容丰富，能够突破边塞诗创作的传统格局，形成对边塞诗发展的又一次新开拓。首先，诗人出塞之地是安西、北庭，这就使边塞诗反映的地域，由局限于长城内外，扩展到了天山南北；使西域荒漠的奇异风光和人情风习首次引人注目地出现于诗中，并成为抒写出塞的英雄气概和豪迈精神的有力衬托。其次,他的边塞诗突破了传统征戍诗多写边地苦寒、士卒辛劳的格局,大大地拓展了边塞诗的描写题材与内容范围。举凡军旅生活,征战场面,边塞景物,异域风情,诗人从戎入幕的情怀、感受与多方面的见闻,都在诗中加以表现;透过他的这些作品,读者不难感受到文质彬彬与英雄气概结合的崭新的军幕文士的形象。再次,他的边塞诗多采用舒卷自如的七言歌行体裁,不再沿用乐府旧题而自立新题,已接近了杜甫等人的新题乐府。他的七言歌行音节流畅,用韵灵活多变,或句句用韵,或隔句用韵,有时一韵到底,有时二句、三句或四句一转韵,且多平仄韵互换;同一篇中,还往往交替使用不同的韵式(如《白雪歌》)。还有,韵调与内容十分协调,如《走马川行》,独创句句用韵、三句一转的奇特格式,以急促铿锵的节奏,烘托出了军情的紧急和士气的高昂。这些,均显示出诗人富有创新精神。

岑参的诗歌,有着自己的独特风格。殷璠《河岳英灵集》卷上说:"参诗语奇体峻,意亦奇造。"《河岳英灵集》选的是天宝十二载以前诸家的作品，那时岑参的边塞诗尚未大量创作和流传，集中也一首未录，所以这一评语主要应是针对岑参的早期（登第授官前后）诗作而发的。这样来评述早期岑诗特别是其中的写景之作的特点，颇有见地。如“山风吹空林，飒飒如有人”（《暮秋山行》）、“雷声傍太白，雨在八九峰。东望白阁云，半入紫阁松”（《田假归白阁西草堂》）等，都善于发现并刻画出自然景物的奇处，具有造意奇、用语亦奇的特色。岑参早期诗歌所显露出来的这种特色，在边塞之作中有了进一步的发展和变化。首先，边塞之作更加奇特峭拔。如“将军狐裘卧不暖，都护宝刀冻欲断”（《天山雪歌》）、“都护行营太白西，角声一动胡天晓”（《武威送刘判官赴碛西行军》）等，构思、造意皆极奇特。非但造意奇，炼语也奇，如“容鬓老胡尘，衣裘脆边风”（《北庭贻宗学士道别》）、“还家剑锋尽，出塞马蹄穿”（《送张都尉东归》）等，用语均甚奇警。其次，边塞之作的“奇”，有真切的边塞生活体验作基础，是奇中见实，奇而入理。如“看君走马去，直上天山云”（《醉里送裴子赴镇西》)、“一川碎石大如斗,随风满地石乱走”(《走马川行》)等,都既善于用大胆的夸张、想象突出事物的奇处,又令人感到诗中展开的是一个真实的天地。再次,边塞之作除“奇”之外,更有“壮”的一面。如《走马川行》、《轮台歌》等,无不写得激昂高亢,豪迈雄壮,意气干云,鲜明地反映出岑参边塞诗独具的“奇壮”风格。

形成岑参边塞诗这一风格的主要因素是什么呢?第一,诗人有自己的艺术追求,他出塞前的诗歌,已显露出好奇、求奇的特色;第二,他在西域近五年,边塞生活的体验极为丰富和充实,所以才能创作出许多奇中见实的边塞诗来;第三,诗人是怀着为国安边的慷慨豪情赴边从戎的,所以不把荒寒的西域视为畏途,乐于在那里过艰苦的战斗生活,从而得以写出许多反映这一生活的豪壮诗歌;第四,从诗人所处的时代看,天宝后期,唐的内政已日趋腐败,但在安西、北庭,唐的兵力和声威依然很盛,这使诗人对安定边疆充满信心,情绪豪迈、乐观,所以能够写出不少富有雄放之音的边塞诗来。

岑参与高适都是盛唐边塞诗的杰出代表,向来被并称为"高岑"。如宋严羽说:"高岑之诗悲壮,读之使人感慨。"(《沧浪诗话·诗评》)元辛文房说:"(岑参)与高适风骨颇同,读之令人慷慨怀感。"(《唐才子传》卷三)高岑边塞诗在风格上确有豪迈雄壮的共同特征,所以将两人相提并论是有道理的。然而,两人的诗歌又存在一些明显的差别。就边塞诗而言,高诗的情调或悲壮,或豪壮,而岑诗则以奇壮为主要特色,两者不尽一样;高诗多夹叙夹议,直抒胸臆,岑诗则长于描写,多寓情于景;高诗浑朴质实,多采用写实手法,岑诗瑰奇峭拔,有浓郁的浪漫主义色彩;高诗豪迈中给人以深沉之感,岑诗雄壮里有俊逸的一面;在接受文学遗产的影响方面,高诗直追汉魏的特点比较显明,岑诗则较多地汲取和融会了六朝以来诗歌的成就。总的说来,高岑各具特色,"一时不易上下"(王世贞《艺苑卮言》卷四)。就诗歌的思想价值而言,大抵高胜于岑;而从艺术上看,则岑的创造性要比高突出,这主要表现在想象丰富，充满奇情异彩，更富有艺术个性方面。

本书入选的诗歌，据《四部丛刊》影印明正德十五年(1520)熊相刊《岑嘉州诗》七卷本，并参考他本，对文字有所校正，依丛书体例，不出校记。

一、登第授官前后(748年以前)

岑参(717？—769),荆州江陵(今湖北荆州)人,郡望南阳棘阳(今河南新野东北)。岑参《感旧赋》序说:“国家六叶,吾门三相矣。”他的曾祖父文本,博通经史,善属文,太宗贞观十八年(644)拜中书令(即宰相);伯祖父长倩,高宗永淳元年(682)至武后天授二年(691)为相,因反对立武承嗣为皇太子而被杀;堂伯父羲以文吏著名,睿宗景云元年(710)及三年为相,开元元年(713)因参与太平公主谋逆事被诛。岑羲死后,其亲族亦被放逐略尽,从此岑氏家道衰落,朝中再无权势可依凭了。

岑参的祖父景倩,武周时为麟台少监、卫州刺史,兼昭文馆学士;父植,开元初位终仙、晋二州刺史。岑参幼年丧父，从兄受书；家门昔荣今悴的巨变，使他从小就立志苦学，满心希望有朝一日获取高位，重整岑氏沦落的“世业”。唐杜确《岑嘉州诗集序》说：“早岁孤贫，能自砥砺，遍览史籍，尤工缀文。”其《感旧赋》序说：“五岁读书，九岁属文。”《感旧赋》说：“志学集其荼蓼，弱冠干于王侯。荷仁兄之教导，方励己以增修。”赋序又说：“十五隐于嵩阳，二十献书阙下。”所谓“隐于嵩阳”，实际是指他十五岁后僻居嵩山西峰少室山苦读，为求取功名作准备；“献书阙下”则指他二十岁时献书天子，希冀以此获取官位。唐代有献书拜官之例，唐封演《封氏闻见记》卷三说：“常举外复有通五经、一史，及进献文章并上著述之辈，或付本司，或付中书考试，亦同制举。”但实际上唐时走通这条仕路的人很少，年轻的岑参想凭借自己“尤工缀文”的本领走通此路也未能如愿。此后约十年，他屡出入于京、洛，为出仕而奔波，结果一无所获。《感旧赋》云：“我从东山，献书西周，出入二郡，蹉跎十秋。”近十年求官不遂的遭遇，使岑参内心充满哀怨与惆怅：“已矣夫！世路崎岖，孰为后图？岂无畴日之光荣,何今人之弃予……叹君门兮何深,顾盛时而向隅。揽蕙草以惆怅,步衡门而踟蹰。"(《感旧赋》)但此时诗人对前途仍充满希望与信心:"强学以待,知音不无;思达人之惠顾,庶有望于亨衢。"(同上)

在失意的近十年中,岑参曾往游河朔(时间约在开元二十七年春),并于开元末至天宝初在终南山隐居。当然,这并不是一心归隐,而是在隐居中等待机会出仕。天宝三载(744),岑参应进士试,以第二人及第。唐时进士及第,只是取得出身资格,还要参加吏部的关试和铨选,才能释褐。《唐代墓志汇编》大历〇一七邵说《李湍墓志铭》:"时新乡尉李颀、前秀才岑参皆著盛名于世,特相友重。""秀才"为唐时进士之通称,"前秀才"即"前进士",而"前进士"乃及第进士关试后、授官前的称谓,所以岑参天宝三载登第后,并未立即授官,他释褐右内率府兵曹参军(见杜确《序》),当约在天宝四、五载间。释褐后因官卑职微(右内率府兵曹参军正九品下),诗人感到自己重整"世业"的愿望难以实现,心情是苦闷的。如初授官后作的《田假归白阁西草堂》说:

“误徇一微官，还山愧尘容。”

诗人这一时期的诗歌，常有慨叹失志的内容。《戏题关门》：“来亦一布衣，去亦一布衣，羞见关城吏，还从旧道归。”此诗作于“出入二郡”期间，表现诗人西入长安求官不遂的遭遇和心情。《送王大昌龄赴江宁》：“对酒寂不语，怅然悲送君。明时未得用，白首徒工文……群公满天阙，独去过淮水。”《送孟孺卿落第归济阳》：“献赋头欲白，还家心已穿……圣朝徒侧席，济上独遗贤。”则对他人的不遇，表示了深切的同情。这样的诗歌，反映了即使在盛唐时代，贤才也难于被用的事实，有一定的意义。这个时期，岑参写过一些表现隐居生活的诗，大抵为出仕前的作品，如《丘中春卧寄王子》等，多述隐居山林之乐；出仕后因官职卑微，所以此时的作品，如《初授官题高冠草堂》等，多表现对隐居生活的留恋和自己的退隐之志。此外，这一时期诗中有许多赠答、送别之作，还有不少反映旅游生活的诗歌，它们大抵或记旅途所见所感，或述朋友相思别离之情，其中不无情真意切的作品，如《暮秋山行》、《登古郢城》、《沣头送蒋侯》等。

岑参这一时期的诗歌，多写景之笔，且有不少诗，以描摹山水风景为主要内容。如《秋夜宿仙游寺南凉堂呈谦道人》："乱流争迅湍，喷薄如雷风。夜来闻清磬，月出苍山空。空山满清光，水树相玲珑。回廊映密竹，秋殿隐深松。灯影落前溪，夜宿水声中。"细密逼真地刻画出了山水风景的美妙动人。这时期的写景之作，已开始形成自己的风格特点，如"涧花然暮雨，潭树暖春云"（《高冠谷口招郑鄠》）、"孤灯燃客梦，寒杵捣乡愁"（《宿关西客舍寄东山严许二山人……见有高道举征》）、"涧水吞樵路，山花醉药栏"（《初授官题高冠草堂》）等等，都清新俊逸，显露出"语求奇警"的特色。

总的说来，岑参这个时期的诗歌，缺少深刻的社会内容。这同诗人当时的眼光还较多地局限在个人的狭小范围之内不无关系。

丘中春卧寄王子[①]

田中开白室[②]，林下闭玄关[③]。卷迹人方处[4]，无心云自闲。竹深喧暮鸟，花缺露春山。
胜事那能说，王孙去未还[5]。

① 丘中：山中。子：古时对男子的尊称。

② 开：开建、开设。白室：即“白屋”，指房屋未经彩画雕饰，露出木材的本色。

③ 玄关：泛指门户。

④ 卷迹：藏迹，形迹藏而不露。

⑤ “王孙”句：意本《楚辞·招隐士》：“王孙游兮不归，春草生兮萋萋。”王孙，此指王子。

岑参十五岁至二十岁时隐于嵩山西峰少室山读书，本诗即作于此期间，它大约是今存岑诗中作年最早的作品。

陶渊明《归去来兮辞》写作者辞官归隐田园的欣悦之情云：“园日涉以成趣，门虽设而常关……云无心以出岫，鸟倦飞而知还。”本诗即承用其意，以表现闲适自在的隐居生活。沈德潜《唐诗别裁》卷一〇评“竹深”二句云："佳句。"下句写山上繁花似锦，花缺处显露出苍翠的春山，尤佳。

浐水东店送唐子归嵩阳[①]

野店临官路，重城压御堤[②]。山开灞水北[③]，雨过杜陵西[④]。归梦秋能作，乡书醉懒题[⑤]。桥回忽不见[⑥]，征马尚闻嘶。

① 浐水：源出陕西蓝田县西南秦岭山中，西北流经西安城东合灞水入渭河。嵩阳：唐县名，武则天时改名登封，在今河南登封市。

② 重城：唐长安东外郭城有内外两层，称夹城。压：临近。御堤：谓长安御沟（指龙首渠）之堤岸。

③ 开：张布。灞水：源出蓝田县东，西北流至西安市东合浐水入渭河。灞水之北有骊山。

④ 杜陵：在今西安市东南，汉宣帝筑陵葬此。

⑤ "乡书"句：作者十五岁后曾"隐于嵩阳"，疑此时其家尚在

嵩阳,故云。

⑥ 桥:指灞桥,在唐长安城东灞水上,唐时长安送别多至此,故又呼为销魂桥。

作者二十岁至约三十岁时"出入二郡"(《感旧赋》),往返于京、洛间,本诗就是这个时期在长安作的。

这是一首送人归乡诗,前四句写送别地(浐水东店)的景物,后四句叙送别之情。所送的对象(唐子)应是作者的同乡,故因其归去而引发作者的故园之思。"归梦秋能作",谓不得归去而作归梦,可见作者眷念故土之深。末联写目送同乡之行,"至人马皆隐,而犹察其声。摹写惜别之怀,令读者宛然在目"(唐汝询《唐诗解》卷三六)。

登古邺城[1]

下马登邺城,城空复何见?东风吹野火,暮入飞云殿[2]。城隅南对望陵台[3],漳水东流不复回[4]。武帝宫中人去尽[5]，年年春色为谁来！

① 古邺城：在今河北临漳县西。汉末曹操受封于此，曹丕受禅后，改称邺都；北周大象二年（580），相州刺史尉迟迥在此与杨坚大战，城遂被焚毁。

② 飞云殿：《邺中记》："（后赵）石虎于魏武故台筑太武殿，窗户宛转画作云气。"飞云殿疑即指此。

③ 望陵台：即铜雀台。建安十五年（210）曹操于邺城筑铜雀台，高十丈，有屋一百二十间。曹操临终遗命诸子说："吾死之后，葬于邺之西岗上……妾与伎人皆著铜雀台……汝等时登台，望吾西陵墓田。"（《乐府诗集》卷三一引《邺都故事》）

④ 漳水：即今漳河，分清漳河、浊漳河两源，均出山西东南部，在河北合漳镇会合后称漳河。古邺城临漳河。

⑤ 武帝：延康元年（220）曹操卒，同年十月被追尊为武帝。

岑参约于开元二十七年（739）春自长安往游河朔（黄河以北），本诗即此游途经古邺城时所作。

这是一首吊古诗，前半写邺都故城荒颓景象，后半触景生情，悲魏武长逝，叹人事俱非，而山河依旧。在艺术形式上，此诗前半五言，后半七言，前后换韵，而意脉连贯，音节自然，颇具有独创性。

暮秋山行

疲马卧长阪，夕阳下通津[①]。山风吹空林，飒飒如有人。苍旻霁凉雨[②]，石路无飞尘。千念集暮节[③]，万籁悲萧辰[④]。鶗鴂昨夜鸣，蕙草色已陈[⑤]。况在远行客，自然多苦辛。

① 通津：四通八达的渡口。

② 苍旻：苍天。霁凉雨：凉雨初止。

③ 暮节：农历九月九日重阳节。谢灵运《九日从宋公戏马台集送孔令》："良辰感圣心，云旗兴暮节。"

④ 万籁：大自然的一切声响。萧辰：秋风萧瑟之时。

⑤ "鶗鴂"二句：屈原《离骚》："恐鶗鴂之先鸣兮，使夫百草为

之不芳。”鶗鴂，伯劳鸟，仲夏始鸣。蕙草，一种香草。

此诗疑为开元二十七年(739)游河朔时所作。诗中交织着远行的孤寂、秋色的凄清和个人身世不遇之感，蕴含丰富。其中“山风”二句，历来为诗评家所赞赏，它们写荒野旅途的孤寂凄凉情状，逼真之至，故谭元春评此二句云：“诵之心惊。”(《唐诗归》卷一三)还有“千念”二句，说在秋风萧瑟时节，万籁俱发悲声，自己也千念交集。接下“鶗鴂”二句，以鶗鴂已鸣，蕙草色老不芳，喻自己求仕无成，蹉跎失时，这种身世不遇之感，是诗人当时“千念”中的最强烈之念，它和本诗前面所写的秋景以及远行的凄寂之情，交融在一起。

山房春事二首

风恬日暖荡春光[①]，戏蝶游蜂乱入房。数枝门柳低衣桁[②]，一片山花落笔床[③]。

① 恬：静。

② 衣桁(hàng)：衣架。

③ 笔床：笔架。

梁园日暮乱飞鸦[1]，极目萧条三两家。庭树不知人去尽，春来还发旧时花。

① 梁园：又名兔园，西汉梁孝王刘武所建，有楼台山水之胜，故址在今河南商丘东南。

此二诗《四部丛刊》影印本《岑嘉州诗》于第一首前题“山房春事”，第二首前书一“同”字。第二首内容与题意不合，疑原题阙脱而为后人误冠以“同”字（也可能“同”字下有阙文），其后又据此“同”字而直改为“山房春事二首”，洪迈《万首唐人绝句》录《山房春事》诗，无第二首。此二诗作年难于确考，姑编于此。

第一首写山房春景，将山房周围风和日丽、蜂蝶纷飞、柳绿花红的春色写得充满生机。全诗虽写的是平常景，用的是平常语，却颇注意字句的锻炼，能于平中求奇，例如第二句下一“乱”字，即将春日生意盎然的气象出色地表现了出来。

第二首为怀古诗。首二句写梁园荒芜景象；末二句慨叹人事变迁而景物依然，但不直言人之感慨，而从“庭树”方面着笔，“但写树之无情，使人诵之，自然生感”（刘永济《唐人绝句精华》第六六页）。这两句构思巧妙，沈德潜评道：“后人袭用者多，然嘉州实为绝调。”（《唐诗别裁》卷一九）所评甚是。

送王大昌龄赴江宁[1]

对酒寂不语，怅然悲送君。明时未得用，白首徒攻文。泽国从一官[2]，沧波几千里。群公满天阙[3]，独去过淮水。旧家富春渚[4]，尝忆卧江楼。自闻君欲行，频望南徐州[5]。穷巷独闭门，寒灯静深屋。北风吹微雪，抱被肯同宿。君行到京口[6]，正是桃花时。舟中饶孤兴[7]，湖上多新诗。潜虬且深蟠[8]，黄鹤举未晚[9]。惜君青云器[10]，努力加餐饭[11]！

① 王昌龄：字少伯，行大，京兆长安（今陕西西安）人。盛唐著名诗人。开元十五年（727）登进士第。一生皆居卑位，屡遭贬逐。安史之乱起，自龙标（今湖南黔阳）还乡，道出亳州，为刺史闾丘晓所杀。江宁：唐润州属县，在今江苏南京。

② 泽国：江宁濒长江，故云。从：为，任。

③ 天阙：此泛指朝廷。

④ 富春渚：富春，今浙江富阳，其地临富春江（浙江的一段）。渚，水边。按，岑参父植尝官衢州（治今浙江衢县）司仓参军，衢州临浙江之一源衢江，此处即以富春泛指浙江。

⑤ 南徐州：东晋南渡，于京口侨置徐州，称南徐州。按，岑植又曾任润州句容（今属江苏）县令，其地正属东晋南徐州辖境。

⑥ 京口：唐润州治所，今江苏镇江。

⑦ 孤：特立，与众不同。

⑧ 虬：有角的龙。蟠：盘曲而伏。此言王昌龄如潜龙，且深

藏以待时。

⑨ 黄鹤举：相传黄鹤（亦作“鹄”）善高翔，一举千里。

⑩ 青云器：指必致高位的才器。

⑪ “努力”句：《古诗十九首·行行重行行》：“弃捐勿复道，努力加餐饭。”

开元二十八年（740）冬，王昌龄被贬为江宁县丞（一说“县尉”），岑参在长安和他饮酒道别，写了这首诗。全诗大抵可分为三部分：首八句写设酒饯行，怅然悲送，对友人的怀才不为世所用和远谪，表示了真切的同情，其中“明时”二句与“群公”二句，写来可谓字字沉痛；中八句由友人远谪之地，联想到岑氏旧家所在，并述行前作者邀友人同宿话别，表现了他们之间深挚的情谊；末八句是对友人的宽慰、劝勉之辞，足见作者对友人爱护备至。

当时，王昌龄也写了《留别岑参兄弟》诗相答：“江城建业楼，山尽沧海头。副职守兹县，东南棹孤舟。长安故人宅，秣马经前秋。便以风雪暮，还为纵饮留……

岑家双琼树，腾光难为俦。谁言青门悲，俯期吴山幽。”由两人之诗，不难想见他们间交情之深。昌龄此行经洛阳时，诗人李颀、綦毋潜等曾相送至洛阳城东白马寺，并在那里留宿，李颀还写了《送王昌龄》诗赠行。盛唐诗人间的真情谊，多么令人向往！

秋夜宿仙游寺南凉堂呈谦道人[①]

太乙连太白[②]，两山知几重。路盘石门窄[③]，匹马行才通。日西到山寺，林下逢支公[④]。昨夜山北时，星星闻此钟[⑤]。秦女去已久[⑥]，仙台在中峰[⑦]。箫声不可闻，此地留遗踪[⑧]。石潭积黛色，每岁投金龙[⑨]。乱流争迅湍，喷薄如雷风。夜来闻清磬，月出苍山空。空山满清光，水树相玲珑[⑩]。回廊映密竹，秋殿隐深松。灯影落前溪，夜宿水声中。爱兹林峦好，结宇向溪东。相识唯山僧，邻家一钓翁。

林晚栗初拆[11]，枝寒梨已红。物幽兴易惬，事胜趣弥浓。愿谢区中缘[12]，永依金人宫[13]。寄报乘辇客[14]，簪裾尔何容[15]？

① 仙游寺：在陕西周至（盩厔）县东南三十五里。参见《长安志》卷一八。道人：僧人的别称。

② 太乙：即终南山，在陕西西安市南。太白：山名，在陕西眉县南。

③ 石门：指山中石崖对峙如门。

④ 支公：东晋高僧支遁，善谈玄理。此指谦道人。

⑤ 星星：犹点点。

⑥ 秦女：即弄玉。春秋时萧史善吹箫，秦穆公女弄玉爱之，因结为夫妻，每日教弄玉吹箫。数年后，吹似凤声，有凤凰来止其屋，穆公为作凤台。后夫妻皆成仙，乘凤凰飞去。见《列仙传》卷上。

⑦ 仙台：即凤台，相传故址在太白山中。

⑧ 遗踪：指仙游寺之弄玉祠。唐李华《仙游寺》诗题下原注："有龙潭穴、弄玉祠。"

⑨ "石潭"二句：《陕西名胜志》卷二谓"仙游潭，阔二丈，其水

深黑，号五龙潭。唐时每岁降中使投金龙于此”。石潭，指仙游潭，潭在仙游寺北。金龙，铜龙。投金龙入潭，为唐时朝廷祈雨的一种仪式。

⑩ 玲珑：空明貌。

⑪ 拆：裂开。

⑫ 谢：辞。区中缘：人世间的尘缘。

⑬ 金人宫：指佛寺。

⑭ 乘輦客：指在朝为官者。

⑮ 簪裾：显贵者之服饰。尔：你们。何容：《汉书·东方朔传》：“谈何容易！”“何容”二字连读，意谓怎能容受。

本诗描述作者往游仙游寺并留宿寺中的所见所感，疑是天宝三载(744)登第前作者隐居终南山时所作。

诗以纪游和写景为主要内容。其叙夜宿寺中所领略的美景，由静夜清润悠扬的磬声、月光映照下更显空寂的青山和空明剔透的水树，写到相互映衬的密竹回廊、隐入深茂松林的寺殿，以及前溪的灯影与潺潺流水，都清幽动人，细密逼真，使人读了心骨清爽，有如亲临其境。

沣头送蒋侯[①]

君住沣水北，我家沣水西。两村辨乔木，五里闻鸣鸡[②]。饮酒溪雨过，弹棋山月底[③]。徒开蒋生径[④]，尔去谁相携？

① 沣(fēng)头：沣水头。沣水源出陕西宁陕县东北秦岭，北流至西安市西北入渭水。侯：对友人的敬称。

② “五里”句：陶渊明《桃花源记》：“阡陌交通，鸡犬相闻。”

③ 弹棋：古代的一种博戏，两人对局，其术至宋代已失传。

④ 蒋生径：《文选》谢灵运《田南树园激流植援》：“唯开蒋生径，永怀求羊踪。”李善注：“《三辅决录》曰：蒋诩字元卿，隐于杜陵。舍中三径，唯羊仲、求仲从之游。二仲皆挫廉逃名。”

此诗写作年代不详，疑是作者登第前隐居长安近郊时所作。这虽是一首送别诗，却主要描述作者隐居田园时与邻人蒋侯建立的友谊以及彼此相过从的欢洽之情，一直到结尾二句,才点出送别之意,所以钟惺评道:“送别用一首幽居闲适诗,妙妙。”(《唐诗归》卷一三)邢昉《唐风定》卷三评此诗说:“妙语冲口出,不烦多许,清音满耳。”此诗确乎出语自然,如话家常,但于自然平淡中蕴含丰富感情,例如前四句,不仅表现了两家相邻之近,也写出了两人情感之亲。谭元春说:“辨字、闻字妙,有宛如一家意。”(《唐诗归》卷一三)不无道理。

初授官题高冠草堂[①]

三十始一命[②],宦情多欲阑[③]。自怜无旧业[④],不敢耻微官。涧水吞樵路[⑤],山花醉药栏[⑥]。只缘五斗米[⑦],辜负一渔竿。

① 高冠草堂:岑参的隐居处,在终南山高冠(亦作“观”)谷,参见《长安县志》卷一三。

② 一命:周代官秩的最低一级(下士)。此泛指低微之职。

③ 阑:残,尽。

④ 旧业：祖上遗留的家业。

⑤ 涧水：指高冠谷水。《长安志》卷一五："高观谷水在（户）县东南三十里，阔三步，深一尺，其底并碎沙石。"

⑥ 药栏：即围栏，见李匡乂《资暇录》卷上。

⑦ 五斗米：《宋书·陶潜传》载：陶潜任彭泽令，在官八十余日，"郡遣督邮至，县吏白，应束带见之。潜叹曰：'我不能为五米斗折腰向乡里小人。'即日解印绶去职，赋《归去来》"。

岑参天宝三载（744）进士高第，天宝四、五载间"解褐右内率府兵曹参军（正九品下）"，本诗即授此职后不久所作。诗中写出了作者当时的矛盾心情：一方面由于官卑职微、不被重用和留恋渔钓生涯而懊悔出仕，另一方面因家无产业，迫于生计，又不得不任此职。

本诗的第三联，既描写了草堂附近山景之佳，也流露了作者对隐居生活的留恋、向往。其中"吞"字"醉"字，工于锤炼：一个"吞"字，把春末夏初山涧涨溢的情景淋漓尽致地刻画了出来；一个"醉"字，则将景物拟人化，使它仿佛具有了生命（“醉”者，谓山花色红，有如人醉后面泛红晕）。

高冠谷口招郑鄠

谷口来相访，空斋不见君。涧花然暮雨[①]，潭树暖春云[②]。门径稀人迹，檐峰下鹿群[③]。衣裳与枕席，山霭碧氛氲[④]。

① 然：同“燃”。

② 潭：指高冠潭。《长安县志》卷一三：“高冠谷内有石潭，名高冠潭。”

③ 檐峰：指如房檐般向外延伸的山峰。

④ 氛氲：云气弥漫貌。

本诗似是岑参授官离高冠谷后偶回访友人郑鄠之作，写作时间当稍后于《初授官题高冠草堂》。诗中表现了高冠谷安谧恬静、充满生意的春景和作者对友人的情意。

本诗第二联写涧花、潭树的蓬勃生机，构思别具一格：上句说，涧边山花在暮雨中开放，色更红艳，犹如火在燃烧；下句说，潭畔树木为春日山间的云气所笼罩，给人“温暖”的感觉。其中“然字暖字，工于烹炼”（沈德潜《唐诗别裁》卷一〇），与《初授官题高冠草堂》中的“吞”字、“醉”字同。

胡笳歌送颜真卿使赴河陇[1]

君不闻胡笳声最悲，紫髯绿眼胡人吹。吹之一曲犹未了，愁杀楼兰征戍儿[2]。凉秋八月萧关道[3]，北风吹断天山草[4]。昆仑山南月欲斜[5]，胡人向月吹胡笳。胡笳怨兮将送君，秦山遥望陇山云[6]。边城夜夜多愁梦，向月胡笳谁喜闻！

① 胡笳：我国古代北方少数民族的管乐器，其音悲凉。相传

由汉张骞自西域携入。颜真卿：字清臣，京兆长安（今陕西西安）人。开元二十二年（734）登进士第，天宝元年（742）又中文词秀逸科。河陇：河西、陇右。河西节度使治所在凉州（今甘肃武威），陇右节度使治所在鄯州（今青海乐都）。

② 楼兰：汉西域国名，故地在今新疆若羌县一带。

③ 萧关：古关名，在今宁夏固原东南。

④ 天山：在新疆境内。

⑤ 昆仑山：《元和郡县图志》卷四〇肃州酒泉县（今属甘肃）："昆仑山，在县西南八十里。"以上山、地泛指西北边域。

⑥ 秦山：又名秦岭，即终南山。陇山：在陕西陇县，西北绵延至甘肃清水县。

天宝七载（748），颜真卿出任河西陇右军试覆屯交兵使，岑参在长安写此诗赠行。诗歌先写胡笳声的悲凉动人，接写送别时正值秋天，因而遥想边地凄凉肃杀的景候，见出对友人的真情关切，最后写惜别和别后对友人的思念。

在岑参今存的诗中，此诗是最早的边塞题材之作。

诗的主旨是惜别,贯穿全诗始终的意象,是胡笳声的悲凉。诗中结合边地的节候风物和戍卒的愁怨,来渲染边地笳声之悲;惜别的主旨,也主要依仗笳声之悲来表现。故沈德潜说:"只言笳声之悲,见河陇之不堪使,而惜别在言外矣。"(《唐诗别裁》卷五)

青门歌送东台张判官[①]

青门金锁平旦开[②],城头日出使车回[③]。青门柳枝正堪折[④],路傍一日几人别?东出青门路不穷,驿楼官树灞陵东[⑤]。花扑征衣看似绣[⑥],云随去马色疑骢[⑦]。胡姬酒垆日未午,丝绳玉缸酒如乳[⑧]。灞头落花没马蹄[⑨],昨夜微雨花成泥。黄鹂翅湿飞屡低,关东尺书醉懒题[⑩]。须臾望君不可见,扬鞭飞鞚疾於箭[⑪]。借问使乎何时来[⑫]?莫作东飞伯劳西飞燕[⑬]!

① 青门:汉长安城东面三门之一。此借指唐长安东门。东

台：即东都留台。唐时除长安有御史台的设置外，洛阳又置东都留台，亦名东台，有御史中丞、侍御史、殿中侍御史、监察御史等官。参见《唐会要》卷六〇、程大昌《演繁露》卷七。张判官：东台僚属无判官，然唐留台御史中丞每兼任都畿道采访处置使（也是管监察的官），其属员有判官。此张判官当系东台御史兼都畿道采访处置使判官。

② 平旦：天刚亮。

③ 使车回：指张奉使来京后，即将乘车复返东台。

④ "青门"句：古有折柳赠别的习俗，柳谐音"留"，表示挽留惜别之意。

⑤ 驿楼：驿站。官树：官道两旁的树。灞陵：汉文帝陵墓所在地，在唐长安东郊。

⑥ "花扑"句：隐指"绣衣直指"。《汉书·百官公卿表》："侍御史有绣衣直指，出讨奸猾，治大狱。"师古注："衣以绣者，尊宠之也。"

⑦ "云随"句：隐指"骢马御史"。东汉桓典为侍御史，执法严正，不避权贵。常乘骢马，京师畏惮，为之语曰："行行且止，避骢马御史。"见《后汉书·桓典传》。

⑧ "胡姬"二句：辛延年《羽林郎》："胡姬年十五，春日独当

垆。就我求清酒,丝绳提玉壶。"垆,酒店里放置酒瓮的土台子。玉缸,指酒坛。酒如乳,唐时之酒为米酒,浓者色白如乳。

⑨ 灞头:即灞上,又作霸上,在今西安市东。

⑩ 关东:潼关以东地区。此当指洛阳。　尺书:书信。

⑪ 飞鞚(kòng):犹飞马。鞚,马笼头。

⑫ 使乎:对使者的赞美之称。语出《论语·宪问》。此指张判官。

⑬ "莫作"句:古乐府辞《东飞伯劳歌》:"东飞伯劳西飞燕,黄姑织女时相见。"

本诗约作于安史之乱以前作者在长安时,具体时间不详,姑系于此。

岑参最擅长七言歌行,他的那些边塞名作,大都是采用这种形式写作的。他的七言歌行音节流畅,用韵灵活多变,本诗就是一个明显的例子。王尧衢说:"此篇凡六韵,两句一韵者三,四句一韵者三,参错成章。"(《古唐诗合解》唐诗卷三)这一篇中,既有句句用韵、两句一转的韵式,又有隔句用韵(或句句用韵)、四句一转的韵式,且平仄韵互换(三、四句用仄韵,其余用平韵),可谓灵活之至。

二、从军安西与返京为官(749—753)

天宝八载(749),约三十三岁的岑参应安西节度使高仙芝的辟召,到安西幕府(在今新疆库车)任职。初冬,诗人由长安踏上了赴安西的漫长旅程。赴安西必须翻越荒旱的沙漠、戈壁,征途多艰,对此诗人都估计到了,他说自己之所以不辞劳苦远赴西域,并没有什么个人的希求,只是出于报国的考虑。“万里奉王事,一身无所求。也知塞垣苦,岂为妻子谋!”(《初过陇山途中呈宇文判官》)

其实,岑参与高适一样,有很强的功名心,他的赴边从戎,是不可能不杂有个人求取功名的目的的。《银山碛西馆》说:“丈夫三十未富贵,安能终日守笔砚!”岑参登第授官后，官职卑微，他感到自己重整岑家沦落“世业”的愿望难以实现，因此便想到边地来干一番事业。在诗人看来，报国与求功名并不矛盾，通过勤劳王事、为国安边，即可身登显位，获取个人的功名富贵。

辞别陇山后，诗人取道河西走廊抵敦煌，然后出阳关（在敦煌西南），经蒲昌海（今新疆罗布泊）一带，西北行至鄯善，再经火山西行至西州州治（在今吐鲁番东南哈剌和卓城），又由西州州治西南行，经银山碛（在今托克逊西南）、铁门关（在今库尔勒北）至安西。此行全程近六千华里，历时约两个月（“辞家见月两回圆”）。对一个书生说来，这样的旅程当然是极艰苦的，《岁暮碛外寄元抟》说：“别家逢逼岁，出塞独离群。发到阳关白，书今远报君。”一出阳关，即满目荒凉，到过那里的人是不难理解诗人的愁绪的。《碛中作》说：“今夜不知何处宿，平沙万里绝人烟。”在茫无边际、渺无人迹的沙漠中行走，真不知入夜往何处投宿。这时候，诗人的情绪是低沉的，他越发思念长安和亲人：“故园东望路漫漫，双袖龙钟泪不干。马上相逢无纸笔，凭君传语报平安。”(《逢入京使》)和泪而吟,感情极为真挚动人!

但是,诗人还是迎着困难继续前进,并没有消沉于悲愁之中。这或许是报国的抱负在他身上发生了作用吧?而且,西域虽然荒寒险远,却是一个奇异的天地。诗人在旅途中,已开始发现这一点,并从中找到了乐趣。他惊异于沙漠的辽阔:“黄沙碛里客行迷,四望云天直下低。”(《过碛》)领略过铁门关的险峻:“铁关天西涯,极目少行客……桥跨千仞危,路盘两崖窄。”(《题铁门关楼》)歌咏了塞外走马的奇趣:“马汗踏成泥,朝驰几万蹄。”(《宿铁关西馆》)初次见到火山,更觉得又惊又喜:“火山今始见,突兀蒲昌东。赤焰烧虏云,炎氛蒸塞空……我来严冬时,山下多炎风,人马尽汗流,孰知造化功!”(《经火山》)杜甫说:“岑参兄弟皆好奇。”(《渼陂行》)或许正是这种“好奇”之癖,排遣了他的旅途悲绪。

岑参在安西任职期间,每行役在外,转徙不定。《寄宇文判官》说:“二年领公事,两度过阳关。”《安西馆中思长安》说:“弥年但走马,终日随飘蓬。寂寞不得意,辛勤方在公。”诗人对“王事”不可谓不辛勤,但获取功名的希望却很渺茫，他开始意识到报国与求功名实际上是有矛盾的，觉得自己在塞外也同在长安一样功名难就；加上初次出塞，对边地的荒凉景象和艰苦生活不习惯，所以总的说来这个期间诗人的情绪不高，这对他的创作自然会产生影响。

天宝十载（751）正月，朝廷以高仙芝为河西节度使，代安思顺，所以岑参等仙芝僚佐，就在这年三月到达武威（河西节度使治所，今甘肃武威）；但不久朝廷复留安思顺于河西，于是仙芝便在这年四月返回安西，五月率师西征大食。这时候在武威的仙芝僚佐，有的趋赴高仙芝的安西行营，而岑参则仍滞留武威，直到六、七月间，才由武威回到长安。以上是岑参第一次出塞的情况。

岑参第一次出塞期间的诗歌，有的表现为国从军的豪迈精神，有的反映诗人的苦闷，而表现得最多的，则是边地的风光和诗人的思乡情绪。描写边地风光的诗，有的着意描写火山、雪海、沙漠、白草等西域的奇异风光，它不仅为过去的诗歌所未曾描写过，也为“古今传记所不载”(宋许顗《彦周诗话》)。有的则更多地表现边地的荒凉景象,如“试登西楼望,一望头欲白”(《题铁门关楼》)等等。诗人的思乡之作,如《逢入京使》、《西过渭州见渭水思秦川》、《忆长安曲二章寄庞漼》、《碛中作》、《武威春暮闻宇文判官西使还已到晋昌》等,皆系真情的自然流露,有很强的感染力。在艺术表现上,岑参前一时期诗歌所显露出来的“语求奇警”的特色,在这一时期的边塞之作中有了进一步的发展,如“白草磨天涯,胡沙莽茫茫”(《武威送刘单判官赴安西行营》)、“沙尘扑马汗,雾露凝貂裘”(《初过陇山途中呈宇文判官》)、“马汗踏成泥,朝驰几万蹄”等,就更加奇特峭拔,“度越常情”。

岑参自武威归京后的两三年内,继续在长安任微官,颇不得意,其时他常僻居终南山,过一种半官半隐的生活。诗人这一阶段的创作和第一次出塞以前大致相同,值得提出的仍是写景之作。如《终南双峰草堂作》:“崖口上新月,石门破苍霭。色向群木深,光摇一潭碎。”写出了幽美的终南月色,其中“破”字、“碎”字,工于锤炼，极富有表现力。

西过渭州见渭水思秦川[1]

渭水东流去，何时到雍州[2]？凭添两行泪[3]，寄向故园流。

① 渭州：治所在今甘肃陇西县西南。渭水流经此地。渭水：源出甘肃渭源县西南鸟鼠山，东流至陕西潼关县入黄河。秦川：即关中，指今陕西中部地区。

② 雍州：唐初置雍州，开元元年(713)改为京兆府，治所在长安。

③ 凭：请。

本诗作于天宝八载(749)赴安西途中。诗人西过渭州，离家越来越远，这时他看见东流的渭水，想到唯有它能通向京师，便向它挥洒两行热泪，想让泪水随渭水流向故园。诗人见景生情，即景抒情，思家之切，构思之妙，于此可以想见。杜甫作于成都的怀念荆州司马崔漪的《所思》诗说："可怜怀抱向人尽，欲问平安无使来。故凭锦水将双泪，好过瞿唐滟滪堆。"苦忆友人而无信使可通，故请锦江水将思友之泪带过瞿塘峡（锦江流入岷江，岷江流入长江），直达在荆州的友人，构思与本诗接近。杜、岑是好友，杜此诗的写作时间又晚于本诗，或许杜诗之作，曾经受到本诗的启发。

逢入京使

故园东望路漫漫，双袖龙钟泪不干[①]。马上相逢无纸笔，凭君传语报平安[②]。

① 龙钟：沾濡湿润貌。

② 凭：烦，请。

此诗作于天宝八载赴安西途中，表达诗人离京后对长安故园和亲人的思念，情真意切。首二句通过回身遥望故园和马上挥泪的动作，表现了浓烈的思家之情；末二句不说自己思念家人，而写家人挂念自己，为使他们释念，自己虽与入京的使者马上相逢，行色匆匆，仍不忘请他"传语报平安"。对家人说来，远行者的平安一事，至关紧要，而通过"报平安"，诗人自己也可从中得到莫大安慰。漫漫客行途中乍遇故旧的喜悦与转眼别离的匆遽，思念家人的迫切心情，都于此十四字中流露出来，非亲历其境者不能道。

经　火　山[①]

火山今始见，突兀蒲昌东[②]。赤焰烧虏云，炎氛蒸塞空。不知阴阳炭[③]，何独然此中？我来严冬时，山下多炎风，人马尽汗流，孰知造化功[④]！

① 火山：又称火焰山，自新疆吐鲁番向东断续延伸至鄯善县以南。山系红砂岩所构成，加上其地气候干热，故名。此

指东段火山。

② 突兀：高耸貌。蒲昌：县名，属西州交河郡，在今新疆鄯善。

③ 阴阳炭：指生成万物的阴阳。古人认为阴阳是通贯物质和人事的两大对立面，它和造化一样，都是决定万物生成变化的重要因素。语出贾谊《鹏鸟赋》："且夫天地为炉兮，造化为工（冶匠）；阴阳为炭兮，万物为铜。"

④ 造化：大自然。

此诗天宝八载赴安西途中作。诗中刻画了火山的奇异风光。亲临其地而写火山的诗，在中国诗歌史上本诗应是第一首。岑参的这类创作，使边塞诗反映的地域，由长城内外扩展到了天山南北。首句着一"始"字，是说火山久已闻知，今方见到。第三至六句，接连用"赤焰烧"、"炎氛蒸"、"炭"、"然"等字，似乎重复，但不这样用，恐不足以表现火山的奇热。最后四句写严冬时到山下的感觉——仍"多炎风"、"人马尽汗流"，更把火山的奇热写尽无遗。末句融惊讶、赞美、感叹于反问句式中作结，进一步突出了大自然的神奇变幻。

碛　中　作[①]

走马西来欲到天，辞家见月两回圆。今夜不知何处宿，平沙万里绝人烟！

① 碛：沙碛，沙漠。按，出阳关（在今甘肃敦煌市西南）西北行至西州，有沙碛；又，“焉耆（今属新疆）……东去交河城（唐西州交河县）九百里，西去龟兹（安西）九百里，皆沙碛”（《通典》卷一九二）。

此诗天宝八载赴安西途中作。赴安西必须翻越荒旱的沙漠、戈壁，对一个书生来说，这样的旅程是极艰苦的，所以诗人的情绪有时难免显得低沉。诗的首句写在沙漠中行走的特有感受，因为沙漠茫无边际，遥望与天相连，又行于西方极远之地，所以有“欲到天”之感。次句写在碛中见月思家，且交代离家后的时间。末二句述沙漠渺无人迹,入夜投宿无所,诗人在此时此地,焉能无思家之愁?此诗情真景实,使人读了如身临其境。

银山碛西馆[①]

银山峡口风似箭,铁门关西月如练[②]。双双愁泪沾马毛,飒飒胡沙迸人面[③]。丈夫三十未富贵[④],安能终日守笔砚[⑤]!

① 银山碛:据《新唐书·地理志》载,自西州西南行,“百二十里至天山(县),西南入谷,经礌石碛,二百二十里至银山碛”。银山碛又称银山,在今新疆托克逊县西南,地处自西州通往焉耆、安西的要道上。馆:驿馆。银山碛西四十里有吕光馆,见《新唐书·地理志》。

② 铁门关:《新唐书·地理志》:“自焉耆西五十里,过铁门关。”关在今新疆库尔勒市北。练:白绢。

③ 飒飒:风声。迸:溅射。

④ 三十:约举成数而言。是时作者约三十三岁。

⑤ 守笔砚：《后汉书·班超传》载，超“家贫，常为官佣（雇佣）书（抄写）以供养”，曾投笔叹曰：“大丈夫无他志略，犹当效傅介子、张骞立功异域，以取封侯，安能久事笔研（通砚）间乎！”后从军，以功封定远侯。

此诗天宝八载赴安西途中作。诗的前四句写西域风物引发的愁绪，其中首句以箭喻西北边塞之风，既状其疾，又谓其寒（寒风如箭一般穿透人的肌骨），极为贴切；第四句写疾风夹带着尘沙直射人面，这也是塞外沙漠特有的景象，足能引发人们思家的愁泪。诗的最后两句点出自己出塞的目的和欲立功于边陲的志向，激昂豪壮，意在自我激励，排遣悲绪。

宿铁关西馆

马汗踏成泥，朝驰几万蹄。雪中行地角，
火处宿天倪[①]。塞迥心常怯，乡遥梦亦迷[②]。
那知故园月，也到铁关西。

① 火处：有灯火的地方。此指铁关西馆。倪：边际。

②"乡遥"句：言故乡遥远，梦中归去也会迷路。意本《楚辞·九章·抽思》："惟郢路之辽远兮，魂一夕而九逝。曾不知路之曲直兮，南指月与列星。愿径逝而未得兮，魂识路之营营。"

此赴安西途中过铁门关至关西驿馆留宿之作。前四句写鞍马征行的苦辛，其中首二句写清晨赶路甚急，马汗把地淌湿，马蹄又将湿地踏成泥，善用夸张手法，能于实中求奇。五、六句写寄宿在遥远的边地客馆的心绪和思乡之情，方回《瀛奎律髓》卷三〇说："五、六胜三、四，以有议论而自然。"不仅如此，这两句的含蕴也很丰富。末二句写故园之月有情，追随诗人，寓见月思故园意，而不说破，耐人寻绎。陆游《老学庵笔记》卷三说："岑参在西安（当作"安西"）幕府，诗云：'那知故园月，也到铁关西。'韦应物作郡时亦有诗云：'宁知故园月，今夕在西楼。'语意悉同，而豪迈闲澹之趣，居然自异。"可参看。

忆长安曲二章寄庞潅[1]

东望望长安，正值日初出。长安不可见，喜见长安日[2]。

长安何处在？只在马蹄下。明日归长安，为君急走马。

① 忆长安：曲名。章：指乐章。庞潅：不详。

② "长安"二句：《世说新语·夙惠》载，晋明帝数岁，坐元帝膝上。有人从长安来言事，元帝问明帝："汝意谓长安何如日远？"答曰："日远。不闻人从日边来，居然可知。"明日元帝集群臣宴会，更重问之，乃答曰："日近。"元帝失色，曰："尔何故异昨日之言邪？"答曰："举目见日，不见长安。"

此诗疑天宝十载(751)春东归前作于安西。诗的首章写思念长安故园，却写得豁达开朗，一无同类诗中惯有的愁绪。二章写行将归京的兴奋之情，跃然纸上，由此也可见诗人的故园之思是多么深切。全诗极其通俗自然,仿佛是未经思索脱口而出的,但却具有语浅情深、绰有余味之长。

武威春暮闻宇文判官西使还已到晋昌[①]

片雨过城头[②],黄鹂上戍楼。塞花飘客泪,边柳挂乡愁。白发悲明镜,青春换敝裘[③]。君从万里使[④],闻已到瓜州。

① 武威:即凉州,天宝元年改为武威郡,治所在今甘肃武威市。宇文判官:时为安西节度使高仙芝属下判官,其名不详。晋昌:即瓜州,天宝元年改为晋昌郡,治所在今甘肃安西县东南。

② 片雨:阵雨。

③ 青春:春季。

④ 从:犹“向”。

天宝十载(751)春,岑参自安西至武威,此诗即居武威时所作。诗歌把描写武威春景同抒发个人失志与思乡的哀愁很好地结合起来。纪昀《瀛奎律髓刊误》卷三〇评此诗云:“起四句洒然而来,语极新脆。”其中一二“工于发端”(邢昉《唐风定》卷一三),“三四与‘孤灯燃客梦,寒杵捣乡愁’(岑参《宿关西客舍寄东山严许二山人》诗)同调”(方回《瀛奎律髓》卷三〇)。“塞花”一联之“飘”与“挂”,兼花、泪与柳、愁而言,“孤灯”一联之“燃”与“捣”,亦兼灯、梦与杵、愁而言(客舍中的孤灯,“燃”起了旅人的思归之梦;那寒杵捣的似乎不是衣裳,而是旅人思乡的愁绪),两联皆工于烹炼,语求奇警,其中“飘”、“挂”、“燃”、“捣”四字,即古人之所谓“诗眼”。

接下五六两句见出边地之寒,也见出作者的潦倒失意。“敝裘”暗用苏秦说秦王,书十上而说不行,金尽裘弊事(见《战国策·秦策一》)。这两句情调有些凄凉。

武威送刘判官赴碛西行军[①]

火山五月人行少[②]，看君马去疾如鸟。都护行营太白西[③]，角声一动胡天晓[④]。

① 刘判官：岑参有《武威送刘单判官赴安西行营便呈高开府》诗，疑即此人。碛西：唐安西节度，又称四镇节度、碛西节度，参见《唐会要》卷七八。行军：出行（征）之军，犹行营。

② 火山：见《经火山》注①。

③ 都护行营：指安西节度使兼安西都护高仙芝的行营。太白西：谓极西之地。古时以太白为西方之星。

④ 角：军中乐器，吹奏以报时间，其作用略相当于今天的军号。

此诗天宝十载（751）五月作于武威。由武威赴安西须过火山，五月的火山炎热异常，这首诗的头两句写刘判官丝毫不怕火山之热，跃马如飞；“疾如鸟”三字比喻传神，骨力健举，刻画出了出征者的矫健不凡。后两句拟想刘判官所往之地的军营生活：远在太白星之西的将军行营，黎明时分响起了嘹亮的号角声；"角声一动胡天晓"，似乎是军中一声号角，把胡天给惊晓了，构思奇妙，与"雄鸡一声天下白"（李贺《致酒行》）同一机杼，都是不可多得的警句。

送李副使赴碛西官军[①]

火山六月应更热，赤亭道口行人绝[②]。知君惯度祁连城[③]，岂能愁见轮台月[④]。脱鞍暂入酒家垆[⑤]，送君万里西击胡。功名只向马上取，真是英雄一丈夫！

① 副使：节度副使，掌协助节度使处理军中事务。"李副使"当是安西节度副使，名未详。碛西官军：即指安西行营。

② 赤亭：唐赤亭守捉（边防守备），即今新疆鄯善县东北之七克台。

③ 祁连城：在今甘肃张掖市西南。

④ 轮台：当指汉轮台，在今新疆轮台县。

⑤ 酒家垆：即酒店。

此诗天宝十载（751）六月作于武威。诗为送李副使赴安西节度使高仙芝西征的行营而作，却不从酒肆送别下笔，而从李副使途中必经的火山、赤亭这段艰苦酷热的旅程写起，以造成一个奇特的背景，衬托出出征者不畏艰难困苦的英雄气概，可谓起笔不凡。接下二句从写出征者的不畏艰苦转写其不恋故乡，不怕见到轮台的月亮惹起乡思，这样，诗歌对万里西征者豪迈精神的描画，就又深入了一步。最后以“功名只向马上取，真是英雄一丈夫”的豪言壮语作结，但一点也不显得突兀，因为这两句同前面的描写是紧密联系着的。

田使君美人如莲花舞北旋歌[①]

如莲花，舞北旋，世人有眼应未见。高堂

满地红氍毹[2]，试舞一曲天下无。此曲胡人传入汉，诸客见之惊且叹。曼脸娇娥纤复秾[3]，轻罗金缕花葱茏[4]。回裾转袖若飞雪，左旋右旋生旋风。琵琶横笛和未匝[5]，花门山头黄云合[6]。忽作出塞入塞声[7]，白草胡沙寒飒飒[8]。翻身入破如有神[9]，前见后见回回新。始知诸曲不可比，采莲落梅徒聒耳[10]。世人学舞只是舞，姿态岂能得如此！

① 使君：对郡太守或州刺史的称呼。美人：指田使君家的歌妓。如莲花：指穿着鲜艳的舞衣旋舞起来犹如一朵莲花。北旋：舞名。由诗中的描写看来，当与胡旋舞相类。胡旋舞出自康国（在今乌兹别克斯坦撒马尔罕一带），开元、天宝时传入中国。《通典》卷一四六："（康国）舞二人……舞急转如风，俗谓之胡旋。"按诗题下原有注："此曲本出北同城。"《新唐书·地理志》谓自甘州西北行，出合黎山峡口，"傍河东壖屈曲东北行千里，有宁寇军，故同城守捉也，天宝二载为军"。故址在今内蒙古额济纳旗北。

② 氍毹(qū shū)：毛织的地毯。《新唐书·音乐志》："胡旋舞，舞者立毯上，旋转如风。"

③ 曼：美。娇娥：美女。纤复秾：即曹植《洛神赋》所谓"秾纤得中"意，指身材匀称，胖瘦适度。

④ 金缕：金线。葱茏：青翠茂盛貌。句指轻罗衣上用金线刺绣的花卉图案繁多。

⑤ 横笛：横吹之笛。和未匝：言伴奏还不到一遍曲子。

⑥ 花门山：《新唐书·地理志》载，居延海(在今内蒙古额济纳旗北境)北三百里有花门山堡。黄云合：谓乐曲美妙，响遏行云。《列子·汤问》载：秦青饯送薛谭于郊衢，"抚节悲歌，声振林木，响遏行云"。

⑦ 出塞、入塞：皆汉横吹曲名，见《乐府诗集》卷二一。此指乐曲旋律像《出塞曲》、《入塞曲》那样苍凉悲壮。

⑧ 白草：《汉书·西域传》颜师古注："白草，似莠而细，无芒，其干熟时正白色，牛马所嗜也。"飒飒：风声。

⑨ 入破：唐大曲每套可分为三大段：散序、中序、破。破即破碎之意(参见《新唐书·五行志》)，指音调急促。三大段又细分为十二遍，入破为第六遍。此遍是"破"的开始，故称"入破"。如有神：谓动作轻捷，如有神助。

⑩ 采莲：乐府清商曲辞《江南弄》七曲之一。落梅：即汉横吹曲《梅花落》。聒耳：嘈杂刺耳。

此诗为往返于西域途中所作，具体时间不详，姑系此。诗中写西域别具一格的音乐和舞蹈，描画具体真切，细致入微，充满异域风情，给人以新鲜奇特之感。岑参描写边塞风物与习俗的诗，大多能给人以这种感受。

此诗用韵灵活多变，前六句（开头两个三字句以一句计）与后六句皆句句用韵，两句一换韵，韵调显得急促；中间八句则是四句一换韵，每个四句中都是一、二、四句用韵，韵调较舒缓。这种缓急相间的韵调恰与诗歌所写西域歌舞的节奏相协调，可见这是诗人有意安排和精心结撰的。

与高适薛据同登慈恩寺浮图[①]

塔势如涌出，孤高耸天宫。登临出世界[②]，

磴道盘虚空[③]。突兀压神州[④]，峥嵘如鬼工[⑤]。

四角碍白日，七层摩苍穹[6]。下窥指高鸟，俯听闻惊风[7]。连山若波涛[8]，奔凑似朝东[9]。青槐夹驰道[10]，宫馆何玲珑[11]。秋色从西来，苍然满关中[12]。五陵北原上[13]，万古青濛濛[14]。净理了可悟[15]，胜因夙所宗[16]。誓将挂冠去[17]，觉道资无穷[18]。

① 薛据：唐代诗人，河中宝鼎（今山西万荣西南宝鼎镇）人。开元十九年（731）进士及第，历任涉县令、大理司直、太子司议郎等职。慈恩寺：当时京都长安的名胜，在今西安市南郊。寺西院有塔，名大雁塔，系永徽三年（653）玄奘所建。塔本五层，武则天时重修，增高为十层，后经兵火，只存七层。浮图：塔。

② 世界：本佛家语，世指时间，界指空间，世界犹言宇宙。此指世间。

③ 磴：塔内石级。

④ 压：镇。

⑤ 如鬼工：谓工程神妙，像是鬼神所作。

⑥ 苍穹(qióng):苍天。

⑦ 惊风:疾风。

⑧ “连山”句:木华《海赋》:“波如连山。”这里反以波涛比喻起伏的群山。

⑨ 奔凑:奔聚。朝东:东流归海。

⑩ 驰道:可驰御驾的大道。

⑪ 玲珑:明丽的样子。

⑫ 苍然:形容秋色苍茫的样子。关中:今陕西省中部地区。

⑬ 五陵:汉高祖长陵、惠帝安陵、景帝阳陵、武帝茂陵、昭帝平陵,都在渭水北岸今咸阳市、兴平县一带,合称五陵。

⑭ 濛濛:这里指迷茫的样子。

⑮ 净理:佛教的清净之理。佛教以远离一切恶行、心不受尘俗垢染为清净。了可悟:完全可悟。

⑯ 胜因:佛教认为物生有因,善因得善果,恶因得恶果,胜因是一种殊妙的善因。夙(sù):早。宗:尊崇,信仰。

⑰ 挂冠:弃官归隐的意思。

⑱ 觉道:佛教所谓寂灭无相的大觉之道。资:凭借。

天宝十一载(752)秋,岑参与高适、薛据、储光羲、杜甫共游慈恩寺，同登寺中之塔，高、薛首先赋诗，岑等三人随后继作。五人在当时都以诗名世，旗鼓相当，他们的唱和成为诗歌史上的一件盛事。除薛诗外，四人的诗都流传了下来。诗评家论这四首诗，大都认为杜作足以压倒群贤，其下就应首推岑参此诗了。

岑参此诗起笔不凡，气势逼人，突显慈恩寺塔涌耸孤高的巍峨形象。“连山”八句写在塔顶四望，其中东、西、北三面均为极目远望，加上辅以夸张、想象，故而气象阔大，成为全诗的最精彩之笔。南面则只是近望，慈恩寺东南有唐帝经常游幸的离宫别馆——曲江、芙蓉苑，离慈恩寺很近，所以连驰道两旁的青槐都能看清楚。南望显然写得很真实。最后四句抒发登临释氏浮图的感慨，无非欲归隐奉佛而已，虽然切题，却乏深意，所以此诗的佳处主要表现在写景的出色上。

杜诗与岑诗相比颇有些不同。杜诗写道：“高标跨苍穹，烈风无时休。自非旷士怀，登兹翻百忧……七星在北户，河汉声西流。羲和鞭白日，少昊行清秋。秦山忽破碎，泾渭不可求。俯视但一气，焉能辨皇州？”首先对塔的高标耸立作了使人“意夺神骇”的夸张，接着写在想象中的凌跨苍天的高度上俯视大地，只见秦山破碎，泾渭清浊难分，帝都迷茫一片，这景中寄寓着诗人对国家命运危机的深切忧虑。关注现实、忧虑国运的思想感情在岑参此诗中是没有的，这就是杜诗优于岑诗的主要原因。

春　梦

洞房昨夜春风起[1]，遥忆美人湘江水[2]。
枕上片时春梦中，行尽江南数千里。

① 洞房：深邃的房屋。
② 美人：指所思念的故人。湘江：源出广西兴安县海阳山，东北流注入洞庭湖。

本诗载《河岳英灵集》，当作于天宝十二载(753)以前。诗中寥寥四句，描画了梦思萦回的意境，表达了作者对友人的深切思念之情。其中三、四句，说因思念而成梦，在梦中往寻在江南的故人，片时的春梦中，已行遍江南数千里之地，写梦境可谓入神。宋范成大《湘阴桥口市别游子明》诗云："遥忆美人湘水梦，侧身西望剑门诗。""遥忆"句即脱胎于本诗，由此亦可见本诗的流传影响之广。

寄韩樽[1]

夫子素多疾，别来未得书。北庭苦寒地，
体内今何如？

① 韩樽：作者的挚友。作者又有《偃师东与韩樽同诣景云晖上人即事》、《喜韩樽相过》诗，后一诗云："长安城中足年少，独共韩侯开口笑……与君兄弟日携手，世上虚名好是闲。"按题下原有注："韩时使北庭，以诗代书。"唐北庭节度使治庭州金满县，在今新疆吉木萨尔北。

这首寄给韩樽的诗，写于韩出使北庭幕府的时候。岑参自己也曾赴北庭，时间在天宝十三载(754)；韩樽赴北庭的时间，估计当早于岑参，因为此诗并非作于北庭，而天宝十四载安史之乱发生后，西域之兵奉命内调，以靖国难，这时从内地往北庭去的人已经很少了。

刘永济《唐人绝句精华》说："此诗明白如话，盖以诗代书柬也。然二十字中，友朋相念之情深矣。"此诗不仅字字是情，而且语气亲切，从中可以想见岑、韩间非同一般的友谊。岑参诗有平易通俗、语浅情深之一格，此诗及本书前面所选的《沣头送蒋侯》、《逢入京使》、《忆长安曲二章寄庞漼》等，即属此格之作品。

三、从军北庭(754—756)

虽然岑参第一次出塞时不得意,归京后的两三年中时有退隐之想,但对于建功立业,却总是惓惓不忘。天宝十三载(754)夏末,他又应安西、北庭节度使封常清的辟召,远赴庭州(北庭节度治所,在今新疆吉木萨尔北),任安西、北庭节度判官。封常清原任安西节度使高仙芝僚佐,天宝十一载(752)十二月升任安西节度使,十三载三月又兼任北庭节度使,于是安西、北庭两个幕府合而为一,治所设于庭州。这一次出塞岑参同样从长安出发,抵凉州(今甘肃武威)后,曾稍作停留,与天宝十载在那里结识的朋友宴集(《凉州馆中与诸判官夜集》),然后西出玉门关(唐时关址在今甘肃安西县双塔堡附近)，经莫贺延沙碛(在今新疆哈密东南)至伊州(今哈密)、西州(今吐鲁番东南)，而后抵庭州。

岑参在北庭写的《北庭西郊候封大夫受降回军献上》说："何幸一书生，忽蒙国士知。侧身佐戎幕，敛衽事边陲。自逐定远侯，亦著短后衣。近来能走马，不弱并州儿。"封大夫即封常清，他是几年前岑参在安西幕府任职时的同僚，诗人自感受到了他的赏识和知遇，自矜能像擅长骑射的并州少年那样走马，话语中透露出了从戎佐幕的喜悦。

岑参在北庭任职时，屡往返于庭州金满县(庭州治所，在今吉木萨尔北)、轮台县(属庭州，在今乌鲁木齐)之间，又常因公事到西州(属北庭节度辖领)去。他在北庭的职务也有变化，始任节度判官，后任支度副使(掌协助节度使管理军资粮仗)。诗人第二次出塞历时近三年，直到至德二载(757)春夏间，才自北庭东归。总的说来这次出塞期间，诗人的情绪较为开朗、昂扬，这对他的创作产生了直接的影响，他的那些豪气横溢的七言歌行，都是在这个期间写作的。

岑参这个期间的诗歌,有的反映了当时的边疆战争。如天宝十三或十四载,封常清自北庭率师西征,岑参送他到轮台,作《轮台歌奉送封大夫出师西征》、《走马川行奉送出师西征》二诗;在此期间,封常清还曾征播仙(在今新疆且末附近),岑参写有《献封大夫破播仙凯歌六章》。这两次战争史书都失载,但联系当时的西域形势来考察,仍可大致推知其性质。我们知道,唐灭西突厥后,西域诸国皆内附,成为安西、北庭节度使属下的羁縻府州。这些府州的长官世袭,由朝廷任命各族首领充任。可以说,这种诸国内附、边疆安宁的局面,对唐及西域各族人民的生产和生活都是有利的。而唐天宝时,破坏这种局面的力量,主要来自同唐争夺西域的吐蕃、大食等强邻;虽然各次具体战争的情况千差万别,相当复杂,但当时唐王朝赋予安西、北庭节度的主要使命,是“抚宁西域”(《通鉴》卷二一五),即维护诸国内附、边疆安宁的局面,唐在西域进行的战争,大抵都同这一使命的完成有关。上述三首反映这两次战争的诗,写出了唐军将士为国安边的英雄气概和不畏艰苦的豪迈精神,以及他们对胜利的坚定信心。同时,对唐军精锐的战斗力和强大的声威,也作了有力的渲染。这样的作品,格调高昂,气势雄壮,能给人以鼓舞力量。当然,在这一类反映边疆战争的诗中,也有的夹杂了吹嘘主帅军功以博取青睐的内容。

在西域诸国内附的情势下,唐节度使幕府中的官员同西域各族人员经常往来,岑参也参与这种活动,并在自己的诗中加以反映。《奉陪封大夫宴》:"座参殊俗语,乐杂异方声。"在节度使的宴席上,有操着不同语言的各族人员,还演奏着各民族的不同音乐。《与独孤渐道别长句兼呈严八侍御》:"军中置酒夜挝鼓,锦筵红烛月未午。花门将军善胡歌,叶河蕃王能汉语。"《赵将军歌》:"九月天山风似刀,城南猎马缩寒毛。将军纵博场场胜,赌得单于貂鼠袍。"反映了西域军中汉将与蕃王及少数民族将领友好相处、和洽往来的情况,这是当时汉族与西域诸族关系获得巨大发展的证明。

岑参这个期间的诗歌和第一次出塞时一样,也描绘了祖国边疆的奇异风光,不同的是,较少表现边地的荒凉,而更多地在写景中寄寓豪情壮志,倾注了作者热爱边疆的深厚感情。试看茫茫的沙漠、无边的积雪,在作者笔下是何等壮丽奇伟:“君不见走马川行雪海边,平沙莽莽黄入天!”“北风卷地白草折,胡天八月即飞雪,忽如一夜春风来,千树万树梨花开。”由于诗人对边疆充满感情,把边疆视为自己实现壮志的场所,所以往往以一种欣赏的态度和喜悦的心情来领略和描写边疆风光,在他的笔下,塞外风光常常显得格外引人入胜。

这个期间的诗歌还广泛地反映了边地的生活和风习。如《北庭贻宗学士道别》表现从军士人失志的怨望之情,《玉门关盖将军歌》反映边将生活的奢华,等等。诗人对边地风习观察得相当仔细,并在《首秋轮台》、《轮台即事》等诗中作了给人以新鲜奇特之感的描述。可以说,这类诗及描写边塞奇异风光的诗,直到今日,仍具有激发人们奔向新的广阔天地的魅力。

在艺术表现上,这个期间的诗歌也像第一次出塞时的诗歌那样奇特峭拔,“度越常情”。而且非但“奇”,更有“壮”的一面,岑诗风格发展变化的趋向,总的说来是由“奇”转向“奇壮”,并在第二次出塞时,最终完全形成奇壮的独特风格。

赴北庭度陇思家[①]

西向轮台万里余[②],也知乡信日应疏[③]。
陇山鹦鹉能言语[④],为报家人数寄书。

① 陇:陇山。

② 轮台:唐庭州属县,在今新疆乌鲁木齐。

③ 乡信:家乡的消息。疏:稀少。

④ 陇山鹦鹉:《元和郡县图志》卷三九谓陇山“上多鹦鹉”。祢衡《鹦鹉赋》:“命虞人于陇坻,诏伯益于流沙。跨昆仑而播弋,冠云霓而张罗。”

岑参天宝十三载(754)赴北庭,为安西、北庭节度判官,此诗即赴北庭途中所作,抒发了作者思念家人的真挚感情。诗人理性上“也知乡信日应疏”,感情上却希望“家人数寄书”，所以末二句借写所见陇山鹦鹉，来表达自己的愿望。沈德潜《唐诗别裁》卷一九说：“欲鹦鹉报家人寄书，思曲而苦。”刘永济《唐人绝句精华》说：“古时交通不便，远客音信难通。鹦鹉能言，故愿托之通辞，亦无可奈何之语。”

凉州馆中与诸判官夜集[①]

弯弯月出挂城头，城头月出照凉州。凉州七里十万家[②]，胡人半解弹琵琶。琵琶一曲肠堪断，风萧萧兮夜漫漫。河西幕中多故人[③]，故人别来三五春[④]。花门楼前见秋草[⑤]，岂能贫贱相看老！一生大笑能几回，斗酒相逢须醉倒。

① 凉州：天宝元年改为武威郡，治所在今甘肃武威。馆：客舍。诸判官：指河西节度使幕中之判官。

② 七里：《元和郡县图志》卷四〇：“（凉）州城本匈奴所

筑……南北七里,东西三里。”

③ 河西:河西节度使,治所在凉州。

④ “故人”句:岑参天宝十载三月至六月曾居留武威,故云。

⑤ 花门楼:疑为凉州客舍之名。岑参天宝十载于武威作《戏问花门酒家翁》:“老人七十仍沽酒,千壶百瓮花门口。”花门口,即花门楼口之意。

此诗为天宝十三载(754)赴北庭途经武威时所作。诗中描写作者与河西幕中的友人在凉州客舍夜宴的情景,其中有别后重逢的欢乐,也有时光倏逝、功业未立的感叹。

这时的河西节度使是哥舒翰,“翰好读《左氏春秋传》及《汉书》,疏财重气,士多归之”(《旧唐书·哥舒翰传》);当时他幕中的僚佐有高适、吕谭、裴冕、杨炎、严武等,可谓人才济济。这些人大多是有理想、有抱负的血性男儿,一旦聚集在一起,更加豪气勃发,兴会淋漓!在“岂能贫贱相看老”的话语里,跳动着的是急于建功立业的雄心;在大笑、豪饮的后面,是对前途、对生活的乐观信念。从这首诗中，不难感受到盛唐士人积极进取的精神。

碛西头送李判官入京[①]

一身从远使[②]，万里向安西[③]。汉月垂乡泪，胡沙费马蹄。寻河愁地尽[④]，过碛觉天低。送子军中饮[⑤]，家书醉里题。

① 碛西头：沙漠西边。当指伊州（今新疆哈密）、西州（今吐鲁番东南）一带。伊州东南有莫贺延沙碛，伊州、西州间亦有沙碛。李判官：李栖筠，字贞一，李德裕之祖父。天宝七载进士及第。天宝十二、三载，受辟为封常清安西节度使府判官，十三载三月常清兼任北庭节度使后，任安西、北庭节度判官。事见《新唐书·李栖筠传》、权德舆《李栖筠文集序》。岑参另有《敬酬李判官使院即事见呈》、《使院中新栽柏树子呈李十五栖筠》诗。

② 从远使：追随远方的节度使。

③ 安西：指安西节度治所龟兹，在今新疆库车。

④ 寻河：汉武帝时张骞曾探寻黄河源头，见《史记·大宛列传》、《汉书·张骞传》。此用其事，谓西行极远。

⑤ 子：指李判官。

天宝十三载（754）作者赴北庭途中，在伊州、西州一带遇到了入京的李判官，作了这首送别诗。诗的首二句点出李判官在安西的任职经历；中四句写从军西域的复杂感受，盖兼李判官与作者自己而言：三句说故国之月惹人流下思乡的眼泪，四句通过写马蹄耗损之严重来表现行役塞外的辛劳，五、六句写西北边陲的荒远和沙漠的与天相连引发的愁绪，皆善于结合西域风物的描写来抒发感情；末二句点题，在军中饯别、醉题家书的豪语里，藏着思家的绵绵深情，可谓运刚于柔。全篇写来句句不弱，洵属佳作。

轮台歌奉送封大夫出师西征[①]

轮台城头夜吹角，轮台城北旄头落[②]。羽书昨夜过渠黎[③]，单于已在金山西[④]。戍楼西望烟尘黑[⑤]，汉兵屯在轮台北。上将拥旄西出征[⑥]，平明吹笛大军行。四边伐鼓雪海涌[⑦]，三军大呼阴山动[⑧]。虏塞兵气连云屯[⑨]，战场白骨缠草根。剑河风急雪片阔[⑩]，沙口石冻马蹄脱[⑪]。亚相勤王甘苦辛[⑫]，誓将报主静边尘[⑬]。古来青史谁不见，今见功名胜古人。

① 轮台：见《赴北庭度陇思家》注②。封大夫：即封常清。蒲州猗氏人，有才学，曾任高仙芝安西节度使府判官。天宝十一载(752)十二月，为安西节度使，十三载春入朝，加御史大夫，同年三月，兼任北庭节度使。事见《旧唐书·封常清传》、《玄宗纪》。西征：关于此次战争，史籍失载。

② 旄头：星名，《史记·天官书》："昴曰旄头，胡星也。"旄头落，指胡兵将要覆灭。

③ 羽书：紧急军事文书。渠黎：即渠犁，汉西域诸国之一，在今新疆轮台县和尉犁县之间。《汉书·西域传》："轮台(非唐轮台，在今新疆轮台)与渠犁地皆相连也。"

④ 单于：借指西域少数民族首领。金山：即金岭，又称金娑岭，今新疆北部之博格达山。

⑤ 烟尘黑：指胡兵来犯。

⑥ 拥：持。旄：旄节，古代使臣所持信物，形如幡旗，上以旄（牦牛尾，后改用羽毛）为饰。唐制，节度使赐双旌双节，出行时使开路者双持于马上，所谓“双节夹路驰”。

⑦ 伐鼓：击鼓。雪海：当指唐轮台北今准噶尔盆地的浩瀚雪原。

⑧ 阴山：今新疆乌鲁木齐以东的天山东段，古亦称阴山。

⑨ 虏塞：敌塞。连云屯：谓兵气弥漫，聚如连云。

⑩ 剑河：《新唐书·回鹘传》载，黠戛斯（今称柯尔克孜）境内有剑河，即今俄罗斯西伯利亚南部叶尼塞河上游乌鲁克穆河。此处疑另有所指。

⑪ 沙口：未详。

⑫ 亚相：御史大夫。指封常清。勤王：尽力王事。

⑬ 静边尘：平息边患。

此诗天宝十三载（754）或十四载九月作于轮台。诗中所谓“西征”，具体情况已难考知；据诗中所写，“西征"发生在轮台以西的北庭节度使辖区，是由于敌兵来犯引起的，所以它大抵是一场为了平息边患、维护西域安宁局面而进行的战争。

此诗可分为四段。首段六句写战争的发生；次段四句热烈地歌颂了唐军出征时军容的壮盛和士气的高涨；三段四句述天气的严寒和战斗的残酷，以烘托唐军将士不怕牺牲的英雄气概与不畏艰苦的豪迈精神；末段四句颂扬主帅尽力王事、为国安边的勋绩。全诗格调高昂，气势雄壮，是岑参边塞诗中的杰作。天宝后期，唐王朝的内政已日趋腐败，但在安西、北庭，唐的兵力和统一大帝国的声威依然很盛，这使诗人对安定边疆充满信心，情绪豪迈、乐观，加上诗人自己怀着从军报国的抱负，所以能写出这样富有雄放之音的边塞诗来。

走马川行奉送出师西征①

君不见走马川行雪海边②，平沙莽莽黄入天③！轮台九月风夜吼，一川碎石大如斗，随风满地石乱走。匈奴草黄马正肥[4]，金山西见烟尘飞[5]，汉家大将西出师。将军金甲夜不脱，半夜军行戈相拨，风头如刀面如割。马毛带雪汗气蒸，五花连钱旋作冰[6]，幕中草檄砚水凝。虏骑闻之应胆慑，料知短兵不敢接，车师西门伫献捷[7]。

① 走马川：当在唐轮台附近。柴剑虹《岑参边塞诗地名考辨》(《学林漫录》七集)谓即轮台以西的著名水道玛纳斯河，清徐松《西域水道记》称此河“冬则尽涸”，故诗中有“一川碎石”之语。

② 行：疑涉诗题“行”字而衍。此句当作“君不见走马川，雪海边”。雪海：见上诗注⑦。

③ 莽莽：茫无边际貌。

④ 匈奴：借指西域的少数民族。

⑤ 金山：见上诗注④。

⑥ 五花：即剪马鬣为五瓣花样。连钱：马身上毛色斑驳，浅深不一，纹络呈鱼鳞状。旋：立刻。

⑦ 车师：指唐北庭节度使治所庭州。其地本后汉车师后王庭，见《旧唐书·地理志》。伫：等待。

此诗写作时间同上诗，也是为奉送封常清出师西征而作的。诗里描写了唐军将士艰苦而豪迈的征战生活，并以西北边地奇异风光的描绘，有力地衬托了将士们的英雄气概。诗的头两句（实应为三句）展现了西北荒漠独特的豪壮风光，浩瀚无际的黄色沙海一直延伸到天边；接下来三句写入夜狂风怒吼，飞沙走石，表现出了自然环境的恶劣和气候的瞬息万变，同时以大胆的夸张、想象突出西域风光的奇异、壮观，从而为后面的歌颂唐军将士作了铺垫。下面“将军”三句写唐军将士半夜行军的情状，大笔挥洒而出，如风发泉涌；“马毛”三句以实中求奇的细节描写，渲染天气的严寒和行军的急速，这些都衬托出了唐军将士不畏艰险、豪迈坚强的精神风貌。有这样的将士，怎能不使敌人丧胆？所以最后三句的预祝胜利，也就说起来信心十足了。这首诗通篇豪气洋溢，读后令人振奋。

诗歌采用句句用韵、三句一转韵的奇特格式，以急促铿锵的节奏，烘托出了征战生活的紧张和士气的高昂，韵调与内容和谐统一，给人以突兀不凡之感。

北庭贻宗学士道别[1]

万事不可料，叹君在军中。读书破万卷[2]，何事来从戎？曾逐李轻车[3]，西征出太蒙[4]。荷戈月窟外[5]，擐甲昆仑东[6]。两度皆破胡，朝廷轻战功。十年只一命[7]，万里如飘蓬。容鬓老胡尘，衣裘脆边风。忽来轮台下[8]，相见披心胸。饮酒对春草，弹棋闻夜钟[9]。今且还龟兹[10]，臂上悬角弓[11]。平沙向旅馆，匹马随飞鸿。孤城倚大碛[12]，海气迎边空[13]。四月犹自寒，天山雪濛濛。君有贤主将，何谓泣途穷[14]？时来整六翮[15]，一举凌苍穹[16]。

① 北庭：见《寄韩樽》注①。贻：赠。宗学士：名不详。学士，官名，唐集贤殿、翰林院、弘文馆、崇文馆皆置学士、直学士。

② 破：犹过、尽。

③ “曾逐”句：鲍照《代东武吟》：“始随张校尉，占募到河源；后逐李轻车，追虏穷塞垣。”李轻车，汉李广从弟李蔡为轻车将军，击匈奴右贤王有功，封乐安侯。

④ 太蒙：《尔雅·释地》：“西至日所入为太蒙。”

⑤ 月窟：同月蝸。《汉书·扬雄传》：“西厌月蝸。”颜师古注引服虔曰：“蝸，音窟穴之窟。月蝸，月所生也。”

⑥ 擐(huàn)甲：着衣甲。

⑦ 一命：指低微的官职。

⑧ 轮台：见《赴北庭度陇思家》注②。

⑨ 弹棋：见《泮头送蒋侯》注③。

⑩ 龟兹：见《碛西头送李判官入京》注③。

⑪ 角弓：饰以兽角的弓。

⑫ 孤城：指北庭治所。倚：靠近。大碛：大沙漠。

⑬ 海气：指海市蜃楼。

⑭ 泣途穷：《世说新语·栖逸》注引《魏氏春秋》：“阮籍常率

意独驾，不由径路，车迹所穷，辄恸哭而反。”

⑮ 六翮：健羽。《韩诗外传》卷六：“夫鸿鹄一举千里，所恃者六翮尔。”

⑯ 苍穹：苍天。

这首赠别诗天宝十四载（755）四月作于北庭。诗中称诗歌所赠对象宗学士十年在边，则他当年曾与岑参同入安西节度使高仙芝幕，现今又同在安西、北庭节度使封常清幕中。诗的前十四句描述宗学士的文才，以及他从军后的遭遇，对其失志表示同情和不平。从戎入幕是盛唐文人仕进的途径之一，但这条道路很不平坦，本诗即反映了这一情况。诗的后十六句先写宗学士与己相见宴饮和送别的情景，最后安慰和勉励友人，说时机一旦来到，定能一飞冲天。

张九龄《折杨柳》：“更愁征戍客，容鬓老边尘。”本诗“容鬓”句即承张诗而来，但改“边”为“胡”。这句诗具有两层意思，含蕴丰富：一指胡地的尘沙使容颜变老、鬓发发白，二指容鬓在抗击胡兵进犯的战斗中变老、发白（“胡尘”亦指胡兵进犯时扬起的尘土）。接下“衣裘”句乃岑参独自的创造，说边风凛冽强劲，使衣裘也发硬变脆了，构思、炼字皆奇，极善于在真切的生活体验的基础上发挥想象力。

白雪歌送武判官归京[①]

北风卷地白草折[②]，胡天八月即飞雪。忽如一夜春风来，千树万树梨花开。散入珠帘湿罗幕，狐裘不暖锦衾薄。将军角弓不得控[③]，都护铁衣冷难着[④]。瀚海阑干百丈冰[⑤]，愁云惨淡万里凝。中军置酒饮归客[⑥]，胡琴琵琶与羌笛[⑦]。纷纷暮雪下辕门[⑧]，风掣红旗冻不翻[⑨]。轮台东门送君去，去时雪满天山路[⑩]。山回路转不见君，雪上空留马行处。

① 武判官：名不详。

② 白草：见《田使美人如莲花舞北旋歌》注⑧。

③ 控：拉开。

④ 都护：当时安西及北庭都护府各置都护一人，由安西及北庭节度使兼任。

⑤ 瀚海：大沙漠。阑干：纵横。

⑥ 中军：指主帅所居营帐。

⑦ 胡琴：泛指西域之琴。

⑧ 辕门：指军营之门。

⑨ 掣：牵曳。翻：飘动。隋虞世基《出塞二首》其二："雾烽黯无色，霜旗冻不翻。"

⑩ 天山路：由轮台归京需越过天山，故云。

此诗天宝十四载(755)八月作于轮台。据《吐鲁番出土文书》第十册，天宝十三载八月武判官在安西，所以他自轮台归京，应在十四载八月。

此诗写在雪中送人归京，起笔写边地北风之猛和塞外飞雪之早，很有气势。接着笔锋一转，出人意料地用"忽如一夜春风来，千树万树梨花开"的诗句来形容雪景，其境界真是奇丽壮美极了。把塞外的冰天雪地世界，写得如此充满了郁勃的春意，其中是倾注了作者热爱边疆的深厚感情的。方东树称赞这两句诗“奇情逸发，令人心神一快”（《昭昧詹言》卷一〇），甚是。

下面“散入”六句写雪后奇寒，预示着武判官归途中必定要遇到许多难以克服的困难；“中军”二句写置酒送归，只列举几种乐器的名字，即表现了宴会上鼓乐齐奏的场面，烘托出了热烈的气氛。“纷纷”六句写送别：尽管风雪交加，天色也暗了下来，武判官还是照样出发，足见其不畏艰苦的英雄本色；最后写归客走了，看不见了，只有送者面对雪地上留存的一行马蹄印迹，这时候送者的内心，一定充溢着无限惜别之意，也许还夹带着因友人归去而引发的思乡之情。这诗起得精彩，收得也出色，豪放而又含蓄，奇壮而不失俊丽，在唐人诗中是别树一帜的。

赵将军歌[①]

九月天山风似刀，城南猎马缩寒毛[②]。将军纵博场场胜③,赌得单于貂鼠袍。

① 赵将军:疑指赵玭,赵天宝五载(746)前后任疏勒(安西四镇之一,今新疆喀什市)守捉使,十四载十一月封常清入朝后,代之为安西、北庭节度使。参见闻一多《岑嘉州系年考证》。

② 猎马:出猎之马。

③ 纵博:指与单于(西域少数民族首领)以射猎为赌。

此诗作于在安西、北庭幕府任职期间,描写了塞外寒天军营中的生活片断。前二句述暮秋时节将军出猎的情状,后二句写将军出猎时与军中的少数民族首领以射猎为赌,将军场场获胜。唐代边防军中往往隶属有习于征战的少数民族部落,西域驻军中蕃汉杂处的情况更为普遍,本诗不仅写出了将军射猎的豪兴,也反映了西域各民族和洽往来的情形。这情形在唐代其他诗人的诗中是很难见到的。

热海行送崔侍御还京[①]

侧闻阴山胡儿语[②]，西头热海水如煮。海上众鸟不敢飞，中有鲤鱼长且肥[③]。岸傍青草常不歇[④]，空中白雪遥旋灭[⑤]。蒸沙烁石燃虏云[⑥]，沸浪炎波煎汉月。阴火潜烧天地炉，何事偏烘西一隅[⑦]？势吞月窟侵太白[⑧]，气连赤坂通单于[⑨]。送君一醉天山郭[⑩]，正见夕阳海边落。柏台霜威寒逼人[⑪]，热海炎气为之薄[⑫]。

① 热海：即今吉尔吉斯斯坦境内的伊塞克湖。崔侍御：名不详。侍御，唐人称殿中侍御史与监察御史为侍御，见《因话录》卷五。

② 侧闻：从旁听到。阴山：见《轮台歌奉送封大夫出征》注⑧。

③ “中有”句：宋本、《全唐诗》此句之下注曰：“海中有赤鲤。”

④ 歇：凋枯。

⑤ 旋灭：立即融化。

⑥ 烁石：使石头熔化。

⑦ “阴火”二句：见《经火山》注③。阴火，即阴阳之火。

⑧ 月窟：见《北庭贻宗学士道别》注⑤。太白：金星。古时以太白为西方之星。

⑨ 赤坂：即赤山，指西段火山（在唐西州交河县，今新疆吐鲁番市西）。单于：指单于都护府。唐高宗麟德元年（664）置，辖境在今内蒙古阴山、河套一带。

⑩ 天山郭：天山城，当指西州交河县。县北有天山，故云。

⑪ 柏台：御史台。西汉御史府植柏树（见《汉书·朱博传》），后世因称御史台为柏台。侍御为御史台属官。霜威：指御史的威严，使人有凛若寒霜之感。《通典》卷二四：“故御史为风霜之任，弹纠不法，百僚震恐，官之雄峻，莫之比焉。”

⑫ 薄：减弱。

此诗作于在安西、北庭幕府任职期间。诗因送崔侍御归京，故由御史的霜威，联想到热海之热。《通典》卷一九三引杜环《经行记》云：“（碎叶川）东头有热海，兹地寒而不冻，故曰热海。”《大慈恩寺三藏法师传》卷二：“清池亦云热海，见其对凌山不冻，故得此名，其水未必温也。”则热海并非水热如煮，作者乃据“阴山胡儿”传言，驰骋想象，用大胆的夸张，从海中水、海上鸟、岸旁草、空中雪等多个方面，写出热海令人惊愕的奇观。接着作者又浓笔重抹，接连用蒸、烁、燃、沸、炎、煎、烧、烘等字，渲染了热海的奇热。此诗写景神奇瑰丽，引人入胜，这同诗人不把西域荒寒之地视为畏途，具有立功异域的慷慨豪情，不无关系。

送崔子还京[①]

匹马西从天外归，扬鞭只共鸟争飞。送君九月交河北[②]，雪里题诗泪满衣。

① 崔子：疑即前诗之“崔侍御”。

② 交河：即汉交河城，唐西州交河县，参见前诗注⑨。又交河县界有交河，“出县北天山，水分流于城下，因以为名”（《元和郡县图志》卷四〇）。

这首诗的写作时地都与前诗相同。诗的前二句言归者之乐，但不是直说；透过诗中所写归者虽经历长途鞍马征行的苦辛，却矫健轻捷、跃马如飞的身影，我们可以感受到崔子获归的喜悦和作者羡归的心情。后二句言送者之苦，在题诗赠别的泪水里，含着作者的惜别之悲与思归之愁。全诗语短情长，颇耐人咀嚼。

火山云歌送别[①]

火山突兀赤亭口[②]，火山五月火云厚。火云满山凝未开，飞鸟千里不敢来。平明乍逐胡风断，薄暮浑随塞雨回[③]。缭绕斜吞铁关树[④]，氛氲半掩交河戍[⑤]。迢迢征路火山东，山上孤云随马去。

① 火山：见《经火山》注①。

② 突兀：高貌。赤亭：见《送李副使赴碛西官军》注②。

③ 浑：还。

④ 缭绕：回环旋转。铁关：铁门关，见《银山碛西馆》注②。

⑤ 氛氲：气盛貌。戍：戍所，即驻防地的营垒、城堡。

此诗作于在安西、北庭幕府任职期间。诗题曰"送别"，但别意却仅在末二句中略作交代，而对于火山云气之奇异，则尽全力描绘，其写法同《热海行送崔侍御还京》很接近。

此诗虽写火山，却与《经火山》有些不同。《经火山》主要写火山的奇热，此诗则着力描绘火山上的火云，说它在山上凝结不动，飞鸟只好远远地躲开，清晨被风吹断，傍晚又随雨而回，能吞没铁关树，遮掩交河戍，最后说云似有情，竟翩翩然追随骑者而去。此诗构思、造意皆奇，富于浪漫情调，写出了祖国西北边疆壮丽河山的瑰奇多姿。

天山雪歌送萧沼归京[①]

天山雪云常不开，千峰万岭雪崔嵬[②]。北风夜卷赤亭口，一夜天山雪更厚。能兼汉月照银山，复逐胡风过铁关[③]。交河城边鸟飞绝，轮台路上马蹄滑[④]。晻霭寒氛万里凝[⑤]，阑干阴崖千丈冰[⑥]。将军狐裘卧不暖，都护宝刀冻欲断。正是天山雪下时，送君走马归京师。雪中何以赠君别，惟有青青松树枝。

① 萧沼：生平不详。敦煌写本伯3619卷存其边塞诗一首，参见《全唐诗补编》1593页。

② 崔嵬：高峻貌。

③ 银山、铁关：见《银山碛西馆》注①、②。

④ 轮台：见《赴北庭度陇思家》注②。

⑤ 晻霭：昏暗貌。

⑥ 阑干：纵横。

这首诗作于在安西、北庭幕府任职期间。它同《白雪歌送武判官归京》一样，也写在雪中送人归京。《白雪歌》将塞外八月飞雪的景观写得奇丽壮美极了，这首诗中描写雪后巍峨的天山千峰万岭银装素裹，入夜耀眼的雪光与月光交相辉映，那景象又何尝不是既奇且丽！此诗“晻霭”四句同《白雪歌》“散入珠帘湿罗幕，狐裘不暖锦衾薄。将军角弓不得控，都护铁衣冷难着。瀚海阑干百丈冰，愁云惨淡万里凝”六句，都写雪后奇寒，意象比较接近，但其中“都护宝刀冻欲断”一句，却绝不与《白雪歌》雷同。它想象大胆而奇特，可同《白雪歌》“风掣红旗冻不翻”句媲美。此外，此诗也与《白雪歌》一样，虽写惜别之情，却豪壮、乐观；结尾亦同《白雪歌》一样绰有余味。

胡　歌

黑姓蕃王貂鼠裘[①]，葡萄宫锦醉缠头[②]。
关西老将能苦战[③]，七十行兵仍未休[④]。

① 黑姓：突骑施（西突厥别部，居今哈萨克斯坦、吉尔吉斯斯坦一带）苏禄部。唐玄宗开元、天宝时，突骑施分为黄姓

(娑葛部)、黑姓二部，互相猜忌攻击。参见《新唐书·突厥传下》。“黑姓蕃王”不一定是实指。

② 葡萄宫锦：织有葡萄花纹的宫锦。宫锦，宫中特制的锦缎。缠头：《通鉴》卷二二三：“酒酣，怀恩起舞，奉仙赠以缠头彩。”胡三省注：“唐人宴集，酒酣为人舞，当此礼者以彩物为赠，谓之缠头。倡伎当筵舞者，亦有缠头喝赐，杜甫诗所谓‘舞罢锦缠头’者也。”

③ 关西老将：《后汉书·虞诩传》：“谚曰：‘关西出将，关东出相。’”关西，指函谷关以西之地。

④ 行兵：用兵，指挥作战。

此诗作于在安西、北庭幕府任职期间。所谓“胡歌”，“可能为胡曲歌辞而失其名”(任半塘《唐声诗》上编第十章)。诗歌表现了西北边地蕃王与汉将的生活：前二句说蕃王穿着华贵，饮酒观舞，醉后以葡萄宫锦为缠头之赠；后二句赞美“关西老将”擅长苦战，年已七十仍转战疆场。唐灭西突厥后，西域诸国皆内附，成为安西、北庭节度使属下的羁縻府州，其长官世袭，由中央政府任命各族首领(蕃王)充任;在这种情势下,边疆安宁,而且各族首领通过内附也获得了经济上的好处(朝廷赏赐与经济交流的益处),故而生活逸乐,此诗就反映了这种情况。

送张都尉东归[①]

白羽绿弓弦[②],年年只在边。还家剑锋尽,出塞马蹄穿。逐虏西逾海[③],平胡北到天。封侯应不远,燕颔岂徒然[④]。

① 张都尉:王素《吐鲁番文书中有关岑参的一些资料》(《文史》第36辑)谓,《吐鲁番出土文书》第十册有"折冲张子奇",于天宝十三载十一月十五日以后新任此职,"张都尉"或即此人。都尉,唐府兵官名。按题下原有注:"时封大夫初得罪。"封大夫,即封常清,见《轮台歌奉送封大夫出师西征》注①。据《旧唐书·封常清传》及《通鉴》载,天宝十四载十一月,安西、北庭节度使封常清入朝,适值安禄山反于

范阳，玄宗遂命常清赴东都募兵御贼，十二月，常清兵败，退守潼关，玄宗大怒，将其处斩。“初得罪”指此。

② 白羽：用白色羽毛做箭羽的箭。绿弓弦：绿弦之弓。

③ 西逾海：谓至西方极远之地。海，指西方极远处的海。

④ “封侯”二句：《后汉书·班超传》载：班超找相者看相，相者谓超“当封侯万里之外”。超问其状，相者曰：“生燕颔（下巴如燕子）虎颈，飞而食肉，此万里侯相也。”后果立功塞外，封定远侯。

此诗天宝十五载（756）春作于北庭。诗为送人东归而作，但“只第三句见送归意，下皆追叙其功”（沈德潜《唐诗别裁》卷一〇），末则为慰藉之语。诗中“还家”一联，工于锤炼，奇中见实。卢照邻《早度分水岭》：“马蹄穿欲尽，貂裘敝转寒。”岑诗承卢诗“马蹄穿”意象，而配以“剑锋尽”形成对句，即比原句生色不少。“马蹄穿”写出了鞍马征行的辛劳，“剑锋尽”反映了转战时间之长与杀敌之多。这两句诗生动、准确地表现了张都尉的劳苦功高。岑参《送费子归武昌》：“剑锋可惜虚用尽，马蹄无事今已穿。”再次使用“剑锋尽”、“马蹄穿”意象，足见这是诗人的得意之笔。

与独孤渐道别长句兼呈严八侍御[①]

轮台客舍春草满[②]，颍阳归客肠堪断[③]。穷荒绝漠鸟不飞[④]，万碛千山梦犹懒[⑤]。怜君白面一书生，读书千卷未成名。五侯贵门脚不到[⑥]，数亩山田身自耕。兴来浪迹无远近，及至辞家忆乡信[⑦]。无事垂鞭信马头[⑧]，西南几欲穷天尽。奉使三年独未归[⑨]，边头词客旧来稀[⑩]。借问君来得几日，到家不觉换春衣[⑪]。高斋清昼卷罗幕，纱帽接䍦慵不着[⑫]。中酒朝眠日色高[⑬]，弹棋夜半灯花落[⑭]。冰片高堆金错盘[⑮]，满堂凛凛五月寒[⑯]。桂林葡萄新吐蔓[⑰]，武城刺蜜未可餐[⑱]。军中置酒夜挝鼓[⑲]，锦筵红烛月未午[⑳]。花门将军善胡歌[㉑]，叶河蕃王能汉语[22]。知尔园林压渭滨[23]，夫人堂上泣罗裙[24]。鱼龙川北盘溪雨[25]，鸟鼠山西洮水云[26]。台中严公于我厚[27]，别后新诗满人口。自怜弃置天西头，因君为问相思否[28]？

① 独孤渐：不详。长句：唐人称七言古诗为长句。严八侍御：即严武。武行八（见《唐人行第录》），时官殿中侍御史。《新唐书·严武传》："累迁殿中侍御史，从玄宗入蜀，擢谏议大夫。"侍御，即指殿中侍御史，参见《热海行》注①。据《通鉴》载，唐玄宗于天宝十五载（756）六月入蜀，此诗当作于严武随玄宗入蜀以前。

② 轮台：在今新疆乌鲁木齐。

③ 颍阳：唐县名，在今河南登封市西南颍阳镇。作者早年曾居颍阳，有少室别业，故以"颍阳归客"自称。

④ 穷荒：极荒远之地。绝漠：僻远的沙漠。均指西域。

⑤ 梦犹懒：谓梦中亦畏路远懒得归去。

⑥ 五侯：见高适《行路难二首》其一注②。

⑦ 乡信：家乡的消息。

⑧ 信马头：任马随意而行。

⑨ 奉使：奉命出使。指自己在北庭供职。

⑩ 旧来：长久以来。

⑪ “到家”句：指独孤渐到家时春季已经过去。

⑫ 纱帽：夏季的凉帽，以纱制成。接篱（lí）：即白接篱，一种白色头巾。慵：懒散。

⑬ 中（zhòng）酒：醉酒。

⑭ 弹棋：见《沣头送蒋侯》注③。

⑮ “冰片”句：古人冬季以窖藏冰，夏日取置盘中，用来降温。金错盘，镶有金色花纹图案的盘子。

⑯ 凛凛：寒冷貌。

⑰ 桂林：当为西域地名。柴剑虹谓即“洿林”之误（见《桂林、武城考》，载《武汉师院学报》1982 年第 2 期）。据《吐鲁番出土文书》第七册，洿林为西州交河县（在今吐鲁番市西）下属城名。

⑱ 武城：西州高昌县下属城名（见《吐鲁番出土文书》第三册）。冯承钧《西域地名》增订本谓其在哈剌和卓城（在今吐鲁番市东南）西五里。刺蜜：《元和郡县图志》卷四〇谓西州前庭县（即高昌县，治哈剌和卓城）“泽间有草，名为羊

刺,其上生蜜,食之与蜂蜜不异,名为刺蜜”。

⑲ 挝(zhuā):击。

⑳ 锦筵:华美的筵席。月未午:指从月亮的位置看,还不到午夜时分。

㉑ 花门将军:指归唐的少数民族将领。花门,据《新唐书·地理志》载,居延海(在今内蒙古额济纳旗北境)北三百里有花门山堡。其地天宝时为回纥所据。

㉒ 叶河:《新唐书·地理志》:“又渡叶叶河(今锡尔河)七十里有叶河守捉。”叶河守捉属北庭节度使辖领,在今新疆乌苏市境。

㉓ 压:临。

㉔ 夫人:当指太夫人,故云“堂上”。

㉕ 鱼龙川:即龙鱼川(《太平御览》卷六五引《水经注》作“鱼龙川”)。据《水经注·渭水》载,汧水(今名千河,源出甘肃六盘山南麓,东南流入渭水)“出五色鱼,俗以为灵而莫敢采捕”,因谓此水为龙鱼川。盘溪:未详。刘满《唐诗两地名考辨》(载《学林漫录》第十集)以为指泾州潘原县(在今甘肃平凉市东)之潘谷水。

㉖ 鸟鼠山:在甘肃渭源县西南,渭水源出于此。洮水:即今

甘肃洮河。

㉗ 台：指御史台。

㉘ 因君：犹言托君。

此诗天宝十五载（756）春作于轮台，主要表现以下两方面内容：一送别独孤渐，二抒发作者自己的思乡愁绪。诗的首四句自述思归与不得归的心情；接下"怜君"八句写独孤渐的才学、为人与其远游北庭及行将东归之事；下面"奉使"二句转而自述；"借问"八句又接述独孤渐，想象他归家后的生活；"桂林"六句再述军中置酒饯送景况；"知尔"二句再从独孤渐方面着笔，"鱼龙"二句则又从渭滨川雨遥接陇西山水；末四句补出题中呈严武之意。总之，此诗诗意多跳跃、转折，故沈德潜说："此诗硬转突接，不须蛛丝马迹，古诗中另是一格。"（《唐诗别裁》卷五）

这首诗中还有两项内容值得注意。一项是描写节度使幕中的少数民族将领（花门将军）在饯别宴会上唱胡歌、参加宴会的羁縻府州长官（叶河蕃王）还会汉语,反映了西域军中蕃汉杂处、融洽往来的情况。另一项是写独孤渐自渭河滨远游至北庭,反映了盛唐士人普遍的游边现象,而这正是盛唐边塞诗繁荣的背景之一。

醉里送裴子赴镇西[1]

醉后未能别,醒时方送君。看君走马去,直上天山云[2]。

① 裴子:名不详。镇西:据《新唐书·地理志》,安西至德元载更名镇西。《新唐书·方镇表》则作至德二载改安西为镇西。

② “看君”二句:自北庭赴安西须翻越天山。

此诗系作者至德二载(757)东归前作于北庭。诗写送军中将士赴安西,后两句刻画出了他们的矫健风貌。而且,这两句也写出了走马将越天山的奇特景象。

“直上天山云”，实中见奇，奇而入理，乃亲身的观察、体验所得，非妄语也。又，此诗语虽求奇却颇通俗，绝不使用僻语怪词。岑参边塞诗的语言，大抵皆如此。

四、宦游各地(757—769)

天宝十四载(755)十一月,范阳、平卢、河东三镇节度使安禄山反于范阳,当时安西、北庭节度使封常清正好入朝,玄宗遂命他赴东京洛阳募兵御贼,而岑参则仍留居北庭。十二月,安禄山攻陷东京。十五载(756)六月,安禄山破潼关,玄宗仓皇逃往成都,安禄山军遂占领西京长安。七月,肃宗即帝位于灵武(今宁夏灵武市西南),改元至德。至德二载(757)二月,肃宗至凤翔(今属陕西)。同年春夏间,岑参自北庭归抵凤翔;六月,为杜甫等举荐,授右补阙。为了匡救国家的危难,诗人尽心谏职,"频上封章,指述权佞"(杜确《岑嘉州诗集序》)。然而一个小小谏官的意见怎么会为朝廷所重视？所以诗人内心是苦闷的，曾说："儒生有长策，无处豁怀抱。"（《行军二首》其一）"史笔众推直，谏书人莫窥。"（《佐郡思旧游》）九月，唐军收复西京。十月，收复东京洛阳；肃宗还西京，岑参亦随从还京，仍官右补阙，常感怀抱难以施展。《西掖省即事》说："官拙自悲头白尽，不如岩下偃荆扉。"乾元二年（759）三月，岑参改任起居舍人。夏，出为虢州（今河南灵宝市南）长史，"州县琐屑"，怀抱更不得施展，常常郁郁寡欢。《郡斋闲坐》说："负郭无良田，屈身徇微禄……顷来废章句，终日披案牍。佐郡竟何成，自悲徒碌碌！"

代宗宝应元年（762）春，岑参迁太子中允，兼殿中侍御史，充关西节度（治所在今陕西华县）判官。十月，雍王李适任天下兵马元帅，会诸道节度使于陕州（今河南陕县），进讨史朝义（安史余党、史思明之子），委任岑参为掌书记。广德元年（763）正月，史朝义败死，岑参随征讨诸军回京，供职于御史台。秋，迁祠部员外郎，后转考功员外郎，虞部、库部郎中。永泰元年（765）十一月，被任为嘉州（今四川乐山市）刺史，遇蜀中兵乱，不得赴任，行至梁州（今陕西汉中市）而还。大历元年（766）春，复入蜀，被宰相、剑南西川节度使杜鸿渐辟为幕府僚佐。二年（767）六月，杜鸿渐复在朝为相，岑参遂赴嘉州刺史之任。在蜀中任职期间，诗人一方面感到“终日不如意”（《江上春叹》），想辞官隐居：“且欲寻方士，无心恋使君。”（《江行夜宿龙吼滩临眺思峨眉隐者兼寄幕中诸公》）另一方面又对建功立业始终眷眷不忘：“时命难自知，功业岂暂忘。”（《陪狄员外早秋登府西楼因呈院中诸公》）大历三年（768）七月，诗人秩满罢官，自感遭到遗弃，心中充满愤懑与辛酸，《东归发犍为至泥溪舟中作》云：“不意今弃置，何由豁心胸！吾当海上去，且学乘桴翁。”此刻，他回顾平生的遭遇，为未能施展怀抱、有所建树而无限哀伤：“生平未得意，览镜心自惜。四海犹未安，一身无所适……功业悲后时，光阴叹虚掷。”（《西蜀旅舍春叹寄朝中故人呈狄评事》）后诗人谋东归未遂，在大历四年（769）岁末卒于成都旅舍。

岑参这个时期写过一些直接反映现实的诗篇。如《行军二首》等对安史之乱作了反映，抒写了诗人忧时念国的心情；《潼关镇国军句覆使院早春寄王同州》揭露安史余党“尚未尽”，“承恩”“诸将”不事征战，只图享乐；《送张秘书充刘相公通汴河判官便赴江外觐省》直斥把持朝政的权贵；《送狄员外巡按西山军》对蜀西边防战士的疾苦表示关切；《阻戎泸间群盗》鞭挞了作乱的地方军阀的暴行，等等。这样的诗都具有一定的社会意义，可惜数量不多。

岑参今存的这个时期的诗歌约有一百七十首，其中多数为抒发失志的苦闷及赠答酬和、写景、送别之作，缺乏深刻的社会内容，总的状况与首次出塞以前的作品无大差异。这同诗人当时的思想状态有很密切的关系。应当说，安史之乱发生后，诗人是很有为国靖难的壮志和建功立业的抱负的，但始终居于卑位，怀抱不得施展，加上眼光仍较多地局限在个人成败得失的圈子内，所以思想比较消沉，屡欲退隐。正是由于这一点，使得诗人这个时期的创作，未能更好地反映出他所处的那个“万方多难”时代的面影。

在岑参这个时期的诗中,写景之作还是值得注意的。他“谪官”虢州时,虽然情绪低落,却也常抱着“及兹佐山郡,不异寻幽栖”(《虢州郡斋南池幽兴因与阎二侍御道别》)的态度,着意地去领略和歌咏自然景物的美,如《西亭子送李司马》云:“高高亭子郡城西,直上千尺与云齐……坐来一望无端倪,红花绿柳莺乱啼,千家万井连回溪。”他在蜀中也创作了不少写景诗,着力刻画巴山蜀水的奇异。如写剑门的险峻:“速驾畏岩倾,单行愁路窄”(《入剑门作寄杜杨二郎中》);江流的盘曲:“江回两岸斗,日隐群峰攒”(《早上五盘岭》);水的浩淼:“殆知宇宙阔,下看三江流。天晴见峨眉,如向波上浮”(《登嘉州凌云寺作》);江的澄澈:“峨眉烟翠新,昨夜秋雨洗。分明峰头树,倒插秋江底”(《峨眉东脚临江听猿怀二室旧庐》)等等,都清新而奇特,富有审美价值。又如《郡斋望江山》:“山光围一郡,江月照千家。”颇得嘉州风光之特色。

行军二首[①]

吾窃悲此生，四十幸未老[②]。一朝逢世乱，终日不自保。胡兵夺长安[③]，宫殿生野草。伤心五陵树[④]，不见二京道[⑤]。我皇在行军，兵马日浩浩[⑥]。胡雏尚未灭[⑦]，诸将恳征讨[⑧]。昨闻咸阳败[⑨]，杀戮尽如扫。积尸若丘山，流血涨丰镐[⑩]。干戈碍乡国[⑪]，豺虎满城堡。村落皆无人，萧条空桑枣[⑫]。儒生有长策，无处豁怀抱[⑬]。块然伤时人[⑭]，举首哭苍昊[⑮]！

① 行军：犹行营。按题下原注："时扈从在凤翔。"天宝十五载(756)六月，安禄山军占领长安。七月，肃宗在灵武即帝位，改元至德。至德二载二月，肃宗至凤翔(今属陕西)。

② 四十：约举成数而言。岑参是时约四十一岁。

③ 胡兵：指安史叛军。

④ 五陵：指唐五陵，即高祖献陵，太宗昭陵，高宗乾陵，中宗定陵，睿宗桥陵。

⑤ 二京：西京长安和东京洛阳。

⑥ 浩浩：盛大貌。

⑦ 胡雏：胡儿，指安史叛军。

⑧ 恳：请求。

⑨ 咸阳败：至德元载（756）十月，宰相房琯自请将兵收复两京，分官军为南、北、中三军。中军、北军在咸阳的陈涛斜（在今陕西咸阳市东）遇贼将安守忠，大战惨败，官军死伤四万余人。琯自率南军战，又败。事见《通鉴》卷二一九。

⑩ 丰镐：丰（沣）水和镐水。丰水，见《沣头送蒋侯》注①。镐水，《类编长安志》卷六："按《长安图》，本南山石鳖谷水……西北入石巷口，灌昆明池。北入古镐京，谓之镐水。又北经滮池，西北合于丰。"

⑪ 碍：遮蔽。乡国：指长安。

⑫ 空：只。

⑬ 豁：敞开。

⑭ 块然：孤独之状。

⑮ 苍昊：苍天。

早知逢世乱，少小谩读书[①]。悔不学弯弓，向东射狂胡！偶从谏官列[2]，谬向丹墀趋[3]。未能匡吾君[4]，虚作一丈夫。抚剑伤世路[5]，哀歌泣良图。功业今已迟，览镜悲白须。平生抱忠义，不敢私微躯[6]。

① 少小：小时。谩：与“莫”通。

② 从：跟随，加入。

③ 谬：妄，自谦之词。丹墀：古时皇宫前的石阶涂成红色，故云。

④ 匡：辅助。

⑤ 抚剑：以手按剑，表示激昂。

⑥ 私：爱惜。

天宝十四载(755)冬安史之乱发生后，岑参尚在北庭，直到至德二载(757)春夏间，才自北庭归抵肃宗所在的凤翔；六月，为杜甫等举荐，授右补阙谏职，此二诗即作于授职后不久，那时西京长安与东京洛阳仍被安史叛军占据着。

此二诗交织着两种感情，一种是忧时念国的情愫，如诗中感叹遭逢安史之乱，二京沦陷，宫殿荒芜，唐军兵败陈涛斜，士卒伤亡略尽，人民更遭叛军荼毒，等等；另一种是空有平乱良图却不被当政者采用的哀伤心情。为了匡救国家的危难，当时诗人尽心谏职，“频上封章，指述权佞”（唐杜确《岑嘉州诗集序》），然而唐肃宗宠信宦官李辅国，怎么会重视一个小小谏官的意见？所以就有了诗中“儒生有长策，无处豁怀抱”、“抚剑伤世路，哀歌泣良图”的慷慨悲歌。这两首诗皆感情沉痛，有颇强的感染力。

行军九日思长安故园[①]

强欲登高去[②]，无人送酒来[③]。遥怜故园菊，应傍战场开！

① 行军：见《行军》二首其一注①。九日：农历九月九日重阳节。按题下原注：“时未收长安。”据《旧唐书·肃宗纪》载，

唐军于至德二载(757)九月癸卯(二十八日)收复长安。隋江总《于长安归还扬州九月九日行薇山亭赋韵》:“心逐南云逝,形随北雁来。故乡篱下菊,今日几花开?”本诗即步其原韵而作。

② 登高:古人在重阳节有登高饮菊花酒的风俗。

③ 送酒:用晋江州刺史王弘给陶潜送酒的故事。《艺文类聚》卷四引《续晋阳秋》:“陶潜尝九月九日无酒,出宅边菊丛中,摘菊盈把,坐其侧。久之,望见白衣人至,乃王弘送酒也,即便就酌,醉而后归。”

此诗至德二载(757)九月九日作于凤翔。当时长安尚未收复,肃宗仍居凤翔。诗系步江总诗原韵而作,在抒写因重阳佳节而勾起对故园的思念方面,也同于江总诗;但感叹安史之乱未息,京师变成战场的内容,则是江总诗所没有的。沈德潜《唐诗别裁》卷一九说:“可悲在战场二字。”甚是。总的说来,此诗之含蕴比起江总诗要丰富得多。刘永济《唐人绝句精华》评此诗云:“此诗因欲登高而感于无人送酒,又因送酒无人而联想及故园之菊，复因菊而远思故园在乱中。所谓弹丸脱手（谢朓语云："好诗圆美流转如弹丸。"见《南史·王筠传》），于此诗见之矣。"亦可参考。

奉和中书贾至舍人早朝大明宫[①]

鸡鸣紫陌曙光寒[②]，莺啭皇州春色阑[③]。金阙晓钟开万户[④]，玉阶仙仗拥千官[⑤]。花迎剑珮星初落[⑥]，柳拂旌旗露未乾。独有凤凰池上客[⑦]，阳春一曲和皆难[⑧]。

① 贾至：字幼邻（一作幼几），河南洛阳人。明经擢第。天宝末至乾元元年春官中书舍人（属中书省，正五品上，掌起草诏令）。大明宫：在长安禁苑东南。原名永安宫，贞观八年（634）建，九年改名大明宫。自高宗以后，唐天子皆居大明宫。宫内有含元、宣政、紫宸三殿，为朝会行仪之处。贾至原诗今存，题作《早朝大明宫呈两省僚友》；又王维、杜甫俱有和作，可参阅。

② 紫陌：指京师的街道。

③ 皇州：谓帝都。阑：晚，残。

④ 金阙：即宫阙。万户：指皇宫的千门万户。

⑤ 仙仗：皇帝的仪仗。拥：聚。

⑥ 剑珮：《旧唐书·舆服志》："朝服，冠，帻，缨……剑，珮，绶，一品以下，五品以上，陪祭、朝飨、拜表大事则服之。七品以上，去剑、珮、绶，余并同。"珮，玉佩。

⑦ 凤凰池：指中书省。《晋书·荀勖传》载：荀勖自中书监迁尚书令，有人向他祝贺，勖曰："夺我凤凰池，诸君贺我邪？"时贾至官中书舍人，故称之为"凤凰池上客"。

⑧ 阳春：曲名。宋玉《对楚王问》："客有歌于郢中者，其始曰《下里》、《巴人》，国中属而和者数千人……其为《阳春》、《白雪》，国中属而和者不过数十人……是其曲弥高，其和弥寡。"此指贾至的原诗。

此诗作于乾元元年（758）春末，当时一起赋诗的四人中，贾至、王维官中书舍人，岑参为右补阙，杜甫任左拾遗，俱为"两省（中书、门下省）僚友"。四人之作都描述了春日在大明宫早朝的盛况，元方回说："四人早朝之作，俱伟丽可喜……然京师喋血之后，疮痍未复，四人虽夸美朝仪，不已泰乎！”（《瀛奎律髓》卷二）按，四诗作于唐军收复长安、天子得以重居大明宫后不久，是时夸美朝仪，褒颂中央皇朝的气派，似未可厚非；且诗歌各有体裁、内容，固然当时安史之乱尚未平息，也不能要求作者首首皆不离“疮痍未复”之主题，所以纪昀谓方回此说“似是而迂”（《瀛奎律髓刊误》卷二）。

当然，此诗亦乏深意，但写来典重、工丽，气象阔大，诚七律之佳者。明胡应麟说：“岑通章八句，皆精工整密，字字天成。颈联绚烂鲜明，早朝意宛然在目。独颔联虽绝壮丽，而气势迫促，遂至全篇音韵微乖，不尔，当为唐七言律冠矣。”（《诗薮》内编卷五）所论不无道理。

寄左省杜拾遗[1]

联步趋丹陛[2]，分曹限紫微[3]。晓随天仗入[4]，暮惹御香归[5]。白发悲花落，青云羡鸟飞。圣朝无阙事[6]，自觉谏书稀。

① 左省：即门下省。地处大明宫宣政殿左，故称。杜拾遗：即杜甫。当时杜甫在门下省任左拾遗，岑参在中书省（右省）官右补阙，均为谏官之职。杜甫有《奉答岑补阙见赠》诗，可参阅。

② 联步：谓同行。丹陛：即“丹墀”。见《行军二首》其二注③。

③ 分曹：犹言分部门。限：隔。紫微：星座名。《晋书·天文志》：“紫微，大帝之座也，天子之常居也。”因借指皇宫。此指朝会时天子所居之宣政殿。门下省在宣政殿左，中书省在殿右，故曰“分曹限紫微”。

④ 天仗：皇帝的仪仗。唐时朝会之仗有五，以诸卫为之（见《新唐书·仪卫志》）。朝会时，门下、中书省官员由东西阁仪卫依次引入宣政殿，分东西班相对而立。

⑤ 惹：沾。御香：朝会时，殿中设炉燃香，见《新唐书·仪卫志》。

⑥ 阙：同“缺”，过错，缺失。

此诗乾元元年（758）春末作于长安。前半写和杜甫一同上朝的情景，后半慨叹自己年老而不被重用，流露出无可奈何的哀怨之情。

关于此诗的末联，历来有不同的理解，一认为是阿谀歌颂的话，一认为是"愤语"，"寓规讽意"。岑参作此诗时，安史之乱未平，国家残破，所以"圣朝无阙事"的话，无疑不符合真实情况，也非诗人的由衷之言，实际上这是反话，含有讽刺之意。当时作者任谏官，曾尽心谏职，"频上封章，指述权佞"，然而后来为什么又"自觉谏书稀"了呢？这一点诗中没有明说，但读者联系上下文，仍可悟出其中的原因，此即所谓"意在言外"。上文"白发"二句悲慨时光逝去，人已衰老；感叹自己官卑职微，不被重用。官卑职微恐怕正是造成"谏书稀"的原因。因为职微如谏官者，其意见是向来不为统治者所重视的，即岑参所谓"谏书人莫窥"（《佐郡思旧游》），故而进谏的奏章自然也就少了。

早秋与诸子登虢州西亭观眺 得低字[①]

亭高出鸟外[②]，客到与云齐。树点千家小，天围万岭低[3]。残虹挂陕北[4]，急雨过关西[5]。酒榼缘青壁[6]，瓜田傍绿溪。微官何足道，爱客且相携[7]。唯有乡园处[8]，依依望不迷[9]！

① 虢州：唐州名，治所在今河南灵宝市南。西亭：在虢州城西，又名西山亭子。

② 外：犹“上”。

③ 天围：天似围在四周。形容亭之高。

④ 陕北：陕州（今河南陕县）之北。

⑤ 关：指古函谷关，在灵宝市西。

⑥ 酒榼（kè）：酒器。缘：凭，依。句指亭傍峭壁，依山崖置酒。

⑦ 爱客：好友。

⑧ 乡园：此指长安。

⑨ 不迷：不被其他景物所迷。

岑参自乾元二年（759）五月至上元二年（761）冬出任虢州长史，此诗即作于在虢州任职期间。诗中主要描写作者与友人同登虢州西亭所看到的景色。首二句写西亭之高，起笔突兀，沈德潜《唐诗别裁》卷一七评此二句云："起手贵突兀，少陵有'开筵对鸟巢'句，此同一落想。"接下四句写在亭上观眺，皆气象阔大。诗末四句，流露了作者"谪官"虢州时内心的苦闷和对长安的依恋之情，是这个期间诗人心境的较集中的表现。

暮春虢州东亭送李司马归扶风别庐[①]

柳亸莺娇花复殷[②]，红亭绿酒送君还[③]。到来函谷愁中月[④]，归去磻溪梦里山[⑤]。帘前春色应须惜，世上浮名好是闲[⑥]。西望乡关肠欲断，对君衫袖泪痕斑。

① 李司马，名不详。司马，州刺史佐吏。扶风：唐县名，属凤翔府，即今陕西扶风县。

② 亸：下垂。殷：深红色。

③ 红亭：指亭的颜色，非专名。

④ 函谷：见前诗注⑤。

⑤ 磻溪：在陕西宝鸡东南，源出秦岭，北流入渭河。溪中有泉，名兹泉，相传周吕尚在此垂钓而遇文王。见《水经注》卷一七。磻溪地近扶风，这里借以指李司马在扶风的隐居处（唐宝鸡县亦属凤翔府）。

⑥ 好是：真是。闲：等闲，平常。

此诗作于上元元年（760）或二年暮春，当时作者任虢州长史。诗盖为送虢州司马李氏离任归乡而作。“首二句细，发暮春东亭送归六字”（方东树《昭昧詹言》卷一一）。接下二句“宛转入情，虚实相副”（潘德舆《养一斋诗话》卷九），写出了司马来虢州任职的客愁和得以还归客中梦见扶风山水的喜悦，乃一篇之警策。结尾二句抒作者自己思归而不得归之悲，沈德潜《唐诗别裁》卷一三说：“司马归而己为客，是以望乡垂泪也。”此二句与三四句联系紧密，其中流露了诗人自己在虢州为官的苦闷和对长安的思念之情。

虢州后亭送李判官使赴晋绛 得秋字[1]

西原驿路挂城头[2]，客散红亭雨未休[3]。
君去试看汾水上，白云犹似汉时秋[4]！

① 李判官，名不详。判官，唐节度、观察、防御等使之僚佐有判官。晋绛：二州名。晋州治所在今山西临汾市，绛州治所在今山西新绛县。二州治所皆临汾水。

② 西原：即“灵宝西原”（《旧唐书·玄宗纪》）。在今河南灵宝市西南。

③ 红亭：亭漆成红色，故云。

④ “君去”二句：汉武帝曾于元鼎四年（前113）秋天，到河东汾阴（今山西万荣县宝鼎镇）祭祀后土（土神），在汾河上与群臣宴饮，兴酣作《秋风辞》曰：“秋风起兮白云飞，草木黄落兮雁南归……泛楼舡兮济汾河，横中流兮扬素波……欢乐极兮哀情多，少壮几时兮奈老何！”事见《文选》卷四五、《汉武故事》。

这是一首送别诗，作于在虢州任职期间。首句写驿路之高，于平淡中见突兀。末二句含蕴丰富，耐人寻味。表层意象说，君此行可往游汾水，那里秋天的景象，大概还和汉武帝辞中所描写的差不多；其实这两句暗示“人事已改”，盛时不再，乃有感于世乱而发。刘永济说：“三、四两句用汉武帝《秋风辞》……盖因李所至汾水流域，故想及汉武此辞，又因汉武时国势方强，有感于天宝以来，世乱相仍，已非太宗时威震蛮夷之盛世，故托之汉武以寄其忧国之情，而有‘试看’之句。”（《唐人绝句精华》）

初唐李峤七古长篇《汾阴行》亦写汉武帝祠祭汾阴后土和在汾河上与群臣宴乐事，其结尾说：“昔时青楼对歌舞，今日黄埃聚荆棘。山川满目泪沾衣，富贵荣华能几时？不见只今汾水上，唯有年年秋雁飞。”慨叹世事沧桑、富贵荣华不常在，与岑诗的内容不尽一样。

卫节度赤骠马歌[1]

君家赤骠画不得[2]，一团旋风桃花色[3]。

红缨紫缰珊瑚鞭[4]，玉鞍锦鞯黄金勒[5]。请君鞁出看君骑[6]，尾长窣地如红丝[7]。自矜诸马皆不及[8]，却忆百金新买时。香街紫陌凤城内[9]，满城见者谁不爱？扬鞭骤急白汗流[10]，弄影行骄碧蹄碎[11]。紫髯胡雏金剪刀[12]，平明剪出三鬃高[13]。枥上看时独意气[14]，众中牵出偏雄豪[15]。骑将猎向南山口[16]，城南狐兔不复有。草头一点疾如飞，却使苍鹰翻向后[17]。忆昨看君朝未央[18]，鸣珂拥盖满路香[19]。始知边将真富贵，可怜人马相辉光。男儿称意得如此，骏马长鸣北风起。待君东去扫胡尘[20]，为君一日行千里！

① 卫节度：即卫伯玉，三原（今属陕西）人。原为安西将领，肃宗兴师平乱，伯玉遂归长安。初领神策军兵马使出镇陕州行营。乾元二年（759）十二月，以功封右羽林大将军，四镇、北庭行营节度使。乾元三年，转神策军节度使。两《唐书》有传。赤骠马：有白色斑点的红马。

② 画不得：描画不出。

③ 一团旋风：谓马行迅捷。

④ 红缨：系在马头上的红色穗状饰物。珊瑚鞭：指马鞭的柄上用珊瑚镶嵌。

⑤ 鞯(jiān)：马鞍垫。勒：带嚼子的马笼头。

⑥ 鞁(bèi)：指配备马具。

⑦ 窣(sū)：垂，拂。

⑧ 矜：夸耀。

⑨ 香街、紫陌：指京城繁华的街道。凤城：即京城。

⑩ 白汗：指马汗。《战国策·楚策》："夫骥之齿至矣，服盐车而上太行……漉汁洒地，白汗交流。"

⑪ 弄影：指马在日光下行走。碧蹄碎：谓碧玉般的马蹄踏着碎步。

⑫ 紫髯胡雏：指马夫为胡儿。

⑬ 三鬃：指把马鬃修剪成三瓣的式样，即所谓"三花"。

⑭ 独意气：特别有气概。

⑮ 偏：犹"甚"。

⑯ 将：语助词。南山：终南山，在长安之南。

⑰ 翻：反。

⑱ 昨：昔。未央：汉长安宫殿名，此借指唐皇宫。卫伯玉于

乾元元年(758)自安西还长安,时岑参在长安为右补阙。

⑲ 鸣珂(kē):珂是马笼头上的玉饰,马行时作响,故称"鸣珂"。拥:持。盖:缴盖,状如平顶圆伞,古时贵官出行时用为仪仗。依唐代车服制度,五品以上官员有珂、盖。

⑳ 胡尘:指史思明、史朝义叛军。

此诗当作于乾元二年(759)十二月卫伯玉始任节度使之后、广德元年(763)正月史朝义败死之前。诗歌着力渲染节度使卫伯玉的坐骑赤骠马的不同寻常,并通过写马,烘托出了马主人的高贵身分和豪雄气概。如诗中"君家"二句和"骑将"四句,在渲染马行迅疾的同时,也写出了骑者的矫健。末二句道出期待马主人在平乱中立功(当时史思明、史朝义父子尚据有河南、河北二十余州之地),并寓有羡慕赤骠马的被用之意,这应是此诗的主旨。

马为唐人的主要代步工具,且为战斗之所需,故饲养良种马匹成为唐代一时的风尚,唐诗人亦每好咏马。此诗即唐人咏马诗之佳者,邢昉《唐风定》卷八说:"与少陵《高都护作》(《高都护骢马行》)同工并绝,后人无复措手处矣。”所评有一定道理。

潼关镇国军句覆使院早春寄王同州[1]

胡寇尚未尽[2]，大军镇关门。旗旌遍草木，兵马如云屯。圣朝正用武，诸将皆承恩。不见征战功，但闻歌吹喧[3]。儒生有长策，闭口不敢言。昨从关东来[4]，思与故人论。何为廊庙器[5]，至今居外藩[6]！黄霸宁淹留[7]，苍生望腾骞[8]。卷帘见西岳，仙掌明朝暾[9]。昨夜闻春风，戴胜过后园[10]。各自限官守[11]，何由叙凉温[12]。离忧不可忘，襟背思树萱[13]。

① 镇国军：据《新唐书·方镇表》等载，上元二年(761)，以华州(今陕西华县)置镇国节度，又称同华节度；因其有镇国军，亦称镇国军节度；因华州在潼关之西，又称关西节度。镇国节度兼掌潼关防御。句覆使：当是军中掌监察的官。句覆，句检覆按，即稽查、审察之意。院：官署。王同州：

指同州刺史王政,说见郁贤皓《唐刺史考》卷四。同州隶属同华节度,治所在今陕西大荔县。

② 胡寇:指安史余党史朝义的军队。

③ 歌吹(chuì):唱歌和吹奏竽、笙等乐器。

④ 关东:指在潼关之东的虢州。

⑤ 廊庙器:能担当朝廷重任的人才。

⑥ 居外藩:指在地方任职。唐人为官重内轻外,一般认为京职方可施展抱负。

⑦ 黄霸:西汉有名的循吏。宣帝时任扬州刺史、颍川太守,为政宽和,治绩时称天下第一。后升任御史大夫、丞相。事见《汉书·循吏传》。宁:怎能。淹留:久留。

⑧ 腾骞(xiān):飞腾升迁。骞,振翼而飞。

⑨ 仙掌:即西岳华山之东峰仙人掌。暾:初升的太阳。

⑩ 戴胜:即戴鵀。一种候鸟,春夏飞回北方,秋冬飞往南方。

⑪ 官守:为官的职守。

⑫ 叙凉温:问候起居冷暖。

⑬ 襟背:堂前与堂后。萱:植物名,又称"忘忧草"。《诗·卫风·伯兮》:"焉得谖草,言树之背。"陆机《赠从兄车骑》:"安得忘归草,言树背与襟。"

此诗作于宝应元年(762)春,当时作者由虢州长史改任太子中允兼殿中侍御史,充关西节度判官。诗里先写安史余党“尚未尽”,“承恩”“诸将”不事征战,只图享乐,并自叹有“长策”而不被用;次写友人有高才却不能施展抱负;最后抒写与友人别离的忧思。

此时任关西(同华)节度使、潼关镇国军使兼华州刺史的是李怀让(参见《唐方镇年表》卷八),诗中抨击了他与诸将的统驭无方、骄奢腐化,同时也揭露了朝廷用非其人的弊端。高适《蓟中作》云:“岂无安边书,诸将已承恩。”《燕歌行》云:“战士军前半死生,美人帐下犹歌舞。”亦敢于直斥骄将,所不同的是,高诗作于安史之乱爆发以前,岑诗则作于安史之乱尚未完全平息时。

奉送李太保兼御史大夫充渭北节度使[①]

诏出未央宫[②],登坛近总戎[③]。上公周太保[④],副相汉司空[⑤]。弓抱关西月[⑥],旗翻渭北风。弟兄皆许国,天地荷成功[⑦]。

① 李太保：李光弼之弟光进。题下原注："即太尉光弼弟。"据《旧唐书·李光弼传》载，广德二年(764)正月，以光进为太子太保兼御史大夫、凉国公、渭北节度使(又称鄜、坊、丹、延节度使，治坊州，在今陕西黄陵县)。太保，即太子太保。光弼为唐代名将，平定安史之乱的大功臣，曾任太尉。事见两《唐书》本传。

② 未央宫：见《卫节度赤骠马歌》注⑱。

③ 登坛：指受命为将。总戎：统帅。

④ 上公：周以太师、太傅、太保为三公，三公有德行者加封二伯，即为上公。见《周礼·春官·典命》郑玄注。

⑤ 副相：即御史大夫。《汉书·百官公卿表》谓御史大夫"掌副丞相"，故云。司空：西汉末年改御史大夫为大司空，东汉又改大司空为司空。

⑥ 抱：弓形似两臂合围，故曰"抱"。

⑦ 荷成功：谓蒙受其成就功业之惠。

此诗广德二年(764)正月作于长安，为送李光进赴任而作。首四句写李新任的职务，五、六句表现李的雄武，最后赞颂李光弼、光进兄弟在平定安史之乱中建立的功勋。唐汝询《唐诗解》卷三六说："按光弼以程元振之故不赴吐蕃之难(广德元年九、十月吐蕃入寇京畿),代宗疑其有变,因厚遇光弼以安其心,故此诗以许国讽之,而以成功慰之也。"按,《通鉴》广德元年十月载:宦官程元振专权自恣,诸将有大功者,元振皆忌恨欲害之;吐蕃入寇,"上发诏征诸道兵,李光弼等皆忌元振居中,莫有至者"。唐汝询的说法有一定的道理。

这诗中的五、六句,颇得诗评家的青睐,沈德潜《唐诗别裁》卷一〇说:"弓与旗皆随常景,点入关西、渭北,便切渭北节度,而抱字翻字,尤使句中有力。"所言甚是,只是岑此二句亦有所承,骆宾王《从军行》云:"弓弦抱汉月,马足践胡尘。"沈氏未曾发现。

送张子尉南海[①]

不择南州尉,高堂有老亲[②]。楼台重蜃气[③],邑里杂鲛人[④]。海暗三江雨[⑤],花明五岭春[⑥]。此乡多宝玉[⑦],慎莫厌清贫!

① 张子：名不详。尉南海：任南海县尉。南海，唐县名，属广州，在今广东省广州市。

② "不择"二句：《说苑·建本》："子路曰：'负重道远者不择地而休，家贫亲老者不择禄而仕。'"二句即用其意。南州，泛指南方地区。高堂，谓父母所居之正室。

③ 重：重叠。蜃气：即海市蜃楼。晋伏琛《三齐略记》："海上蜃气，时结楼台，名海市。"

④ 鲛人：《博物志》卷二："南海外有鲛人，水居如鱼，不废织绩，其眼能泣珠。"

⑤ 三江：今广东境内的西江、北江、东江。

⑥ 五岭：指大庾岭、都庞岭、萌渚岭、越城岭、骑田岭，位于湘、赣、粤、桂交界处。

⑦ "此乡"句：南海一带出产珠、玑、象牙等珍宝。《晋书·吴隐之传》："广州包山带海，珍异所出，一箧之宝，可资数世。"

此诗为大历元年(766)岑参入蜀以前所作，具体时间不详，姑系于此。诗为送人赴任而作，首二句对友人离别年迈的双亲、远赴南海任职的境遇，表示了同情；中四句写出了南海独特的风俗人情、气候特点和景色；末二句嘱咐友人任职时保持清廉的操守，话说得很委婉、含蓄。明谭元春评道："不曰勿贪，而曰莫厌贫，立言妙绝，温厚直谅。"（《唐诗归》卷一三）诫以莫厌贫，亦含有针砭时风意。如《旧唐书·卢奂传》载："南海郡（广州）利兼水陆，瑰宝山积，刘巨鳞、彭杲（果）相替为太守、五府节度，皆坐赃巨万而死。"刘、彭为南海太守及犯赃而死，皆天宝中事，参见《旧唐书·玄宗纪下》。

早上五盘岭[①]

平旦驱驷马[②]，旷然出五盘[③]。江回两岸斗，日隐群峰攒[④]。苍翠烟景曙，森沉云树寒[⑤]。松疏露孤驿，花密藏回滩。栈道溪雨滑，畬田原草干[⑥]。此行为知己[⑦]，不觉行路难。

① 五盘岭：又名七盘岭，在今四川广元市东北一百七十里，与陕西宁强县接界。

② 平旦：清晨天刚亮。

③ 旷然：空阔貌。

④ 日隐：指太阳未出时。攒：聚集。

⑤ 森沉：阴沉幽暗貌。

⑥ 畬（shē）田：火耕之田。

⑦ 知己：指杜鸿渐。永泰元年（765）冬，西山都知兵马使崔旰杀剑南节度使郭英乂，邛州牙将柏茂琳等又举兵讨旰，蜀中大乱。大历元年（766）二月，朝廷以宰相杜鸿渐为山南西道、剑南东西川副元帅，剑南西川节度使，以平蜀乱。杜荐举岑参为职方郎中兼侍御史，列于幕府，遂入蜀。

此诗作于大历元年（766）入蜀途中，描写作者登上五盘岭后所看到的蜀地景色。首二句不但叙驱马登上岭巅之事，也表现了历尽险途后的心旷神怡之情。接下八句皆写景，着力地刻画了巴山蜀水的奇异。如其中“江回”二句，写在岭上遥望，江流盘曲，两岸互相交错，犹如相斗一般；日出前，群峰相连，层次莫辨，仿佛聚集在一起：写出了蜀地的奇特景色，形象亦活跃生动。

这是一首五古而多对偶句，很注意语言的提炼。如“江回”一联中下一“斗”字、“攒”字，即使景物产生了动感，并显露出岑诗炼语求奇的特色。

巴南舟中夜书事[①]

渡口欲黄昏，归人争渡喧。近钟清野寺，远火点江村。见雁思乡信，闻猿积泪痕。孤舟万里夜，秋月不堪论！

① 巴南：指今四川南部一带。

大历三年（768）七月，岑参自嘉州（今四川乐山市）罢官东归，乘船沿岷江、长江东行。此诗即作于东归途中。诗的前四句写在舟中见到的景色，与孟浩然《夜归鹿门山歌》所写接近：“山寺钟鸣昼已昏，渔梁渡头争渡喧。人随沙路向江村，余亦乘舟归鹿门。”其中三、四句说近处野寺的钟声清晰，远处江村的灯火星星点点，近钟用“清”，远火用“点”，皆佳。后四句抒旅泊之感与思乡之愁，其中七、八句说，孤舟远行，独对当空秋月，其情其景，不堪谈说！此中况味，可谓耐人寻绎。

阻戎泸间群盗

戊申岁，余罢官东归，属断江路，时淹泊戎州作[①]。

南州林莽深[②]，亡命聚其间。杀人无昏晓，尸积填江湾。饿虎衔髑髅，饥乌啄心肝。腥裛滩草死[③]，血流江水殷。夜雨风萧萧，鬼哭连楚山。三江行人绝[④]，万里无征船[⑤]。唯有白鸟飞，空见秋月圆[⑥]。罢官自南蜀[⑦]，假道来兹川[⑧]。瞻望阳台云[⑨]，惆怅不敢前。帝乡北近日[⑩]，泸口南连蛮。何当遇长房，缩地到京关[⑪]。愿得随琴高，骑鱼向云烟[⑫]。明主每忧人[⑬]，节使恒在边[⑭]。兵革方御寇，尔恶胡不悛[15]？吾窃悲尔徒，此生安得全！

① 戎泸：二州名。戎州治所在今四川宜宾市。泸州治所在今四川泸州市，地处沱江与长江会合处，故诗中又称为“泸口”。群盗：指杨子琳等。永泰元年（765）冬，邛州牙将柏茂琳、泸州牙将杨子琳等举兵讨崔旰，蜀中大乱（参见《早上五盘岭》注⑦）。大历元年（766）宰相杜鸿渐入蜀后，务求息事，奏崔旰为西川节度使，柏茂琳、杨子琳等各为本州刺史。三年（768）四月，崔旰入朝，以弟宽为留后，杨子琳率精骑数千乘虚突入成都。七月，杨子琳败还泸州，招聚亡命，得数千人。后沿江东下，声言入朝。事见两《唐书·崔宁传》、《通鉴》卷二二四。戊申岁：大历三年。罢官：指罢嘉州刺史之职。属：适值。淹泊：滞留。

② 南州：犹言南方，指戎、泸一带。林莽：丛生的草木。

③ 裛（yì）：沾染。

④ 三江：今四川境内的岷江、沱江、涪江，号外、中、内三江。

⑤ 征船：行船。

⑥ 空：只。

⑦ 南蜀：指嘉州。

⑧ 假道：借路。

⑨ 阳台云：宋玉《高唐赋》描写楚王梦与巫山神女欢会，神女去而辞曰："妾在巫山之阳，高丘之阻，旦为朝云，暮为行雨。朝朝暮暮，阳台之下。"此指巫山（在今重庆市巫山县）之云。

⑩ 帝乡：京师。北近日：形容非常遥远。用汉明帝典故，见《忆长安二章寄庞漼》注②。

⑪ "何当"二句：相传东汉费长房有神术，"能缩地脉，千里存在目前宛然，放之复舒如旧也"。见晋葛洪《神仙传》卷五《壶公》。何当，安得。京关，京城。

⑫ "愿得"二句：《搜神记》卷一："琴高，赵人也。能鼓琴……后辞入涿水中，取龙子，与诸弟子期之曰：'明日皆洁斋，候于水旁，设祠屋。'果乘赤鲤鱼出，来坐祠中。"云烟，指天空。

⑬ 人：民。避唐讳改为"人"。

⑭ 节使：节度使。

⑮ 悛：悔改。

大历三年（768）七月岑参罢嘉州刺史之职后，即沿岷江东行，拟返归长安，行至戎州时，正遇杨子琳在戎、泸间招聚亡命，江路被阻断，于是滞留戎州，写了这首感怀诗。诗中先述作乱的地方军阀的血腥暴行，并给予了无情的鞭挞；接着写旅途淹留无限思念故园之情，最后以申斥乱军作结，义正而词严。

此诗反映了安史之乱后社会混乱的某些现实，有一定的意义。诗里的一些记述，还可补历史记载之不足。如写杨子琳等聚集于戎、泸间，"杀人无昏晓，尸积填江湾"，就不见于历史记载。

客舍悲秋有怀两省旧游呈幕中诸公[①]

三度为郎便白头[②]，一从出守五经秋[③]。莫言圣主长不用[④]，其那苍生应未休[⑤]！人间岁月如流水，客舍秋风今又起。不知心事向谁论，江上蝉鸣空满耳[⑥]！

① 两省：指门下省、中书省。旧游：旧交。幕：指成都剑南西

川节度使幕府。

② 三度为郎：岑参自广德元年(763)至永泰元年(765)，曾在朝中“为祠部、考功二员外郎，转虞部、库部二正郎”(杜确《岑嘉州诗集序》)，入杜鸿渐幕后，又带职方郎中衔。“三度”犹言多次。

③ “一从”句：出守，指出为刺史。自永泰元年冬作者出为嘉州刺史，至作此诗时，前后历时五年。

④ 长不用：时作者已自嘉州罢官，暂时客寓成都。

⑤ 其那(nuó)：奈何。其，语助词。应：犹“是”。未休：未得休养安息。

⑥ 空：只。

大历三年岑参罢官东归，为乱军所阻，遂折回成都，此诗即大历四年(769)秋作于成都。诗中抒写了作者秩满罢官，未得新职，而又客寓他乡的愤懑与辛酸：岁月似水流逝，转瞬已成白头，自己徒有普济苍生的心愿却遭弃置，无法实现！此时此刻，自己有满腹心事，可客寓成都旅舍，又向谁去倾诉呢？诗乃贤者失志的哀诉，颇沉挚动人。

此时诗人已到晚年，离客死异乡仅有四五个月的时间，但对建立功业、施展抱负却仍念念不忘，可谓难得。全诗最引人注目、震人心弦之处，是其所流露出来的济世之志未遂的悲愤，请读者细思之。